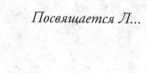

Посвящается Л...

Евгений Гришковец

РУБАШКА

РОМАН

Москва

«Махаон»

2009

УДК 882
ББК 84.4
Г85

*Спасибо Алексу Дубасу, Александру Мамуту и Максу
Какосову за разговоры, вошедшие в книгу, и бармену Володе
из Калининграда за пару историй, которые также оказались
в романе.*

Е. Гришковец

оформление
серж савостьянов

макет
валерий калныньш

Г85   Гришковец Е.
      Рубашка: Роман. — М.: Махаон, 2009. — 288 с.
      ISBN 978-5-18-001173-2

«Рубашка» — городской роман. Очень московский, но при этом примиряющий
Москву с регионами. Потому что герой — человек провинциальный, какое-то
время назад приехавший в Москву. Это короткий, динамичный роман о любви.
Один день из жизни героя. Ему от 30 до 40 лет. Есть работа, есть друзья, есть
сложившаяся жизнь и... Любовь, которая сильно все меняет.

УДК 882
ББК 84.4

ISBN 978-5-18-001173-2

1

Я проснулся утром и сразу подумал, что заболел. Не почувствовал, а именно подумал. Мысль была точно такой же, как когда просыпаешься в первый день каникул, которых ты так ждал... Вот просыпаешься и думаешь: «А почему мне не весело, почему я не рад, где счастье, которого я так ждал?... Наверное, я заболел!...»

Я проснулся, как будто меня включили. Я не вздрогнул, не потянулся, не издал никакого звука, я просто открыл глаза. Точнее один глаз, другой был прижат к подушке. Ещё я стал слышать. И я увидел и услышал...

Увидел край подушки, ткань наволочки, близко-близко к открытому глазу. Подушка была едва освещена синеватым светом. Было рано, и была зима. Вообще-то было ещё совсем темно, но в окно падал обычный городской синеватый утренний свет — смесь света белых уличных фонарей и уже зажжённых жёлтых окон дома напротив и... моего дома. Почему-то эта смесь всегда синеватая; вечером она приятная, а утром... невыносимая.

Я услышал много звуков. Это звучал город. Огромный город. Я слышал, конечно, не весь город, и это были не звуки какого-то «городского пульса» или что-то в этом роде. И это были звуки даже не просыпающегося города, город давно уже проснулся... Я слышал, как люди, живущие в моём доме, покидают его… Они шли на работу или влекли куда-то своих детей: звуки шагов по лестницам, гудение лифта, поминутно повторяющийся стон и стук входной двери подъезда. Я слышал, как с задержкой и как бы безнадёжно махнув рукой на всё, заводились во дворе автомобили. А фоном всему этому, там… чуть дальше… там, звучал проспект.

Я проснулся. Я не почувствовал тела, нет. Проснулась голова. Я ощутил только голову. И в этой голове был я. У меня открылся один глаз, я стал слышать, и я не был этому рад………

Мне так захотелось снова вернуться в сон. Не в том смысле, что я видел какой-то чудесный сон, а в том смысле, что уснуть. Так захотелось смалодушничать и позвонить всем-всем, сказать, что я заболел, наврать, и всё-всё отменить. Отменить ВСЁ, а главное не вставать, не зажигать яркий свет, не умываться и не бриться, не надевать носки… и всё остальное, не выходить из квартиры, позвякивая ключами, не гасить перед уходом свет в прихожей, не давить на кнопку с цифрой «1» в лифте, не выходить на улицу, не делать первый утренний холодный вдох, не садиться в твёрдую, холодную машину… и не ехать в аэропорт, чтобы встретить Макса. Макса, который подлетал сейчас к городу и был неотвратим. Но Макса, моего друга Макса, отменить было невозможно. И значит, нужно было делать это ВСЁ!

А Макс был сейчас совершенно некстати. Так некстати, как может быть только старинный друг, который живёт далеко-далеко, которого искренне ждёшь, а он приезжает или прилетает… как всегда некстати. И пару дней… вынь да положь — отдай ему. В смысле: отмени все дела, какие бы они там ни были, и приготовься много говорить, смеяться, пить, есть, и ещё пить… и говорить. Спать, конечно, пару суток не получится… Но это всё очень хорошо… просто некстати. Совершенно! И особенно в этот раз… Потому что я влюбился. Сильно! Очень-очень сильно. Так, как этого со мной не было. Никогда!

Так что Максим был НЕКСТАТИ!!!

2

Я ехал в аэропорт долго. Снега было много. Не свежего, а такого, раскисшего, грязного снега. Машин было тоже много. Я медленно двигался по окружной дороге. Впереди то гасли, то зажигались красные огоньки: я тоже давил на тормоз. Постоянно казалось, что в полосе слева движение гораздо быстрее. Справа ползли грузовики, все грязные от слякотных брызг. Я слушал радио.

По радио динамично менялись музыка и новости. Сообщили о какой-то авиакатастрофе, я сделал громче. По гибли все пассажиры и члены экипажа. О причинах трагедии говорить было рано. Не исключали версии террористического акта. Я сразу подумал о Максе. Только вот пропустил информацию о месте крушения самолёта. Ага — Пакистан… Разочарование слегка коснулось меня. Я тут же выругал себя за это. Но выругал так… не искренне, без огонька, не талантливо.

Если бы это был самолёт Макса… Это было бы ужасно… Чёрт возьми — это было бы ужасно. Но… Какое «но»… Ужасно!!!

Но у меня был бы такой настоящий повод быть несчастным. А я был бы по-честному несчастным, если бы это был самолёт Макса. Зато я смог бы отлично пить неделю, исчезать куда-то или пить при всех… И все бы сочувствовали. А главное, я смог бы позвонить Ей, прямо сейчас! И сказать, что в той авиакатастрофе, про которую она, конечно, уже слышала, про которую сейчас говорят все, погиб мой старинный лучший, да и, если быть до конца честным, единственный друг. Он погиб, а я не знаю, что мне делать, и поэтому мне необходимо Её немедленно увидеть. Но Макс не погиб. Он подлетал к городу. Он опять меня подвёл.

Макс подводил меня почти всегда. Он не поехал со мной в Москву… Тогда, когда надо было ехать. Он остался. И он, чёрт возьми, не спился там. Не опустился… а наоборот процветал. Занимался самыми разными делами, и всегда небезуспешно. Он ужасно меня огорчал тем, что когда я мыкался и мучился первое время в столице, и мне было нужно только одно — информация из Родного города о том, что там всё очень плохо, все спились, опустились... после моего отъезда жизнь остановилась, и все страшно скучают, а главное, всех преследует жуткая нищета... Нет! Максим радостно звонил мне и сообщал о своих новых успехах, рассказывал о том, как чудесно живут все знакомые и не знакомые мне люди, какой отличный ресторан открылся недалеко от того дома, где я жил, и что этой осенью какое-то нечеловеческое количество грибов в лесу. Он частенько прилетал в Москву. Привозил обычные домашние гостинцы. Сорил деньгами, веселился, а на третий-четвёртый день начинал поговаривать о том, как он хочет домой. И улетал домой. Я ненавидел его.

Максим женился лет пять назад. Я не поехал к нему на свадьбу. Я вообще старался не возвращаться в родные места. А тут свадьба, причём свадьба Макса, то есть свадьба по полной программе. Я не поехал. Максим обиделся. По-настоящему обиделся. Его жену я ни разу не видел. Только на фотографиях. Он о ней говорил мало, часто ей звонил. Как-то так удалялся куда-нибудь в уголок и звонил жене. Подружек и девок после женитьбы Макс не забыл… Но именно после его женитьбы мы придумали, точнее Макс придумал, игру в Хемингуэев. Всю идеологию и терминологию придумал я. Я разработал и стиль и стратегию этой игры. Но сам принцип, саму игровую суть… придумал Макс. Я играл в сто раз лучше его, он часто отвлекался, раскалывался, не доводил игру до конца или пытался выйти из игры. Я удерживал его, всячески его поправлял… Я играл отлично, но придумал игру он… После того, как женился.

За пять минут до выхода из дома… перед тем как ехать в аэропорт, я секунды четыре думал, что надеть — свитер или рубашку. Свитер был практичнее и теплее. Но вдруг сегодня удастся встретиться с Ней. Вдруг… найдётся повод Ей позвонить… И найдутся слова, и что-то получится… Тут нужно быть в рубашке. Обязательно! Костюм и галстук — ни в коем случае. Будет нарочито и как-то принуждённо. Джинсы, твидовый пиджак и хорошая рубашка. Очень хорошая. Моя любимая! Белая. Обычная белая рубашка. Но любимая. Я надел её… и отправился встречать Макса.

Я вышел во двор, подошёл к машине, открыл её. Было ещё темно, но во дворе уже осталось немного автомобилей, в основном все разъехались. Я сел в машину, завёл двигатель, и как только я это сделал, зажглись фары автомобиля, который стоял у соседнего подъезда. Я оглянулся на свет; два ярких огня ослепляли меня, так что я не смог рассмотреть ни марки машины, ни человека или людей в ней. Я погрел двигатель минуту и поехал. Фары двинулись за мной, я повернул из двора на улицу; фары светили мне в затылок и в мои зеркала заднего вида. На улице было много машин и фар, но некоторое время я ощущал на себе свет именно тех фар. На проспекте я забыл об этом. Но что-то во мне царапнуло тот самый орган, который отвечает за тревогу…

Рубашка — обязательный элемент одежды для игры в Хемингуэев. Для того чтобы правильно играть в эту игру, нужно очень правильно одеться. В одежде должна отсутствовать заметная продуманность. Всё должно быть как бы небрежным, и в то же время… классным. Одежду нужно выбрать как бы вневременную. Этой одеждой нужно размывать признаки возраста, а стало быть, поколения. Эта одежда кого угодно должна поставить в тупик по поводу образования, занятий, доходов и социального статуса… того, кто решится играть… в эту странную игру. То есть эта одежда должна сообщить игроку некоторую нездешность, таинственность и намёк на какой-то серьёзный, неведомый жизненный опыт. Белая рубашка — это самое лучшее, что можно выбрать. Конечно, никакого галстука! Ещё неплохо надеть помятый, но хороший и актуальный пиджак. По поводу брюк ничего сказать не могу. Вариантов довольно много. Но вот обувь… должна быть первоклассная. Ботинки классические, этакие английские, потёртые, но ухоженные, правда, без фанатизма. То есть обувь должна быть такой, чтобы можно было сказать: «За этим что-то стоит, не правда ли?!» У Макса со всем этим всегда были проблемы.

Да, и ещё: у игроков в Хемингуэев нет и не может быть другого имени кроме Эрнест… И во время игры при себе нельзя иметь никаких средств мобильной связи. Это разрушает образ…

В первый раз игра получилась у нас сама собой, но постепенно закрепились какие-то правила и выработались навыки, а точнее появилась техника… игры.

Одному играть можно, но не очень интересно, всё-таки нужен партнёр — зритель. Втроём не пробовал, но наверное это невозможно. Идеально играть вдвоём. Кстати, если вам недостаточно лет, не пытайтесь играть в Хемингуэев.

Итак, два Эрнеста идут играть. Для игры нужно выбрать какое-нибудь модное кафе или не очень шумный клуб. Неважно, в центре он или нет. Даже если вы заходите в заведение не в первый раз, вы должны быть там как бы впервые. Нужно слегка осмотреться, задать пару вопросов бармену или официантам, мол, что тут и как, надо быть слегка неловкими, но милыми и улыбчивыми. Ни в коем случае нельзя скользить по лицам и фигурам тем самым характерным блуждающе-ищущим взглядом… Понятно, о каком взгляде идёт речь. Глаза Эрнеста должны быть слегка незрячими, глаза должны быть такими, чтобы в поле их зрения хотели попасть… все женщины.

В свою очередь, необходимо игнорировать женские блуждающие и ищущие взгляды. Те дамы и барышни, которые пришли на откровенный съём, или профессионалки не годятся совершенно. Совсем юных барышень лучше тоже избегать, потому что они не смогут оценить… Ничего не смогут они оценить. Заметно выпившие женщины?… Не рекомендовал бы. Но волноваться не надо, найти тех, кто нужен, можно всегда и везде.

Вас не должно останавливать количество женщин, она может быть одна или их может быть пять. Это неважно. Единственно, с ними не должно быть мужчин. Очень хороши для двух Эрнестов дамы, которые решили небольшой женской компанией после работы немного посидеть и выпить. Идеальны подруги, которые вырвались от детей, а мужья у них состоятельные, но весьма занятые люди, близкого к Эрнестам возраста. Но самый желаемый объект — это элегантная женщина, которая сидит за столиком одна, например после ссоры со своим мужчиной, или просто в ситуации какой-то неприятности.

Знакомство происходит само собой. Но до знакомства нужно привлечь к себе внимание. Например, заказать какую-то очень непростую выпивку, которой официант не знает, и получить отказ. Тогда пригласить кого-то из руководства заведения, и быть при этом не капризным, не конфликтным, а наоборот, любезным и участливым. Потом пойти к барной стойке и обучить бармена приготовлению той самой смеси, которую вы хотели. Хорошо бы при этом бармена и человека из руководства этого заведения как-то рассмешить, а самому остаться с грустными глазами. Напарник должен при этом просто наблюдать за происходящим внимательно и с улыбкой. Напарник обязан нежно смотреть на напарника всегда, только тут важно не переборщить и не допустить двусмысленности.

И вот вы знакомитесь. Потом подсаживаетесь к женщинам или женщине… Через короткое время нужно всё взять в свои руки. Должен предупредить, что игра в Хемингуэев — дело не дешёвое. Нужно заказывать напитки… Нужно быть остроумными, милыми… Например, Эрнесты могут устроить искромётную, но дружескую пикировку друг с другом…

Но главное, нужно постоянно восхищаться женщинами, с которыми вы познакомились. Это восхищение должно быть открытым и чистым, без напора и уклона в соблазнение. Но сладость в нём должна быть. Подлинная сладость!

Нужно смотреть женщинам прямо в глаза и не отводить взгляда, нужно говорить смелые комплименты, искренне интересоваться всем-всем… И при этом быть не суетливым, слегка грустным, и как бы раненым… Раненым жизнью.

Нужно создать атмосферу безопасности, надёжности и подлинной правды!!! Если вдруг возникнет желание и соблазн… С этим нужно бороться… не скрывая борьбы. То есть весь вечер или часть ночи должны пройти по такой тонкой грани, чтобы никто даже и не подумал предложить обменяться телефонами. (С этим у Макса хуже всего.) То есть, чем лучше всё складывается, тем яснее должно становиться, что больше мы никогда не увидимся. Никогда! Но лёгкий-лёгкий звук надежды должен висеть в воздухе. И в тот самый момент, когда эта тонкая грань может быть нарушена… нужно проститься! Ни в коем случае нельзя самому доставить женщин или женщину домой. Так как станет известно, где она живёт. И тогда звук надежды станет фальшивым или неоправданно сильным. (Короче говоря, за Макса ручаться нельзя.)

Нужно вызвать такси или поймать его, усадить их или её, последний раз взглянуть очень близко в глаза… И остаться… Лучше всего, чтобы шёл ночной дождь или снег. Из уезжающей машины должны быть видны два неподвижных силуэта двух Эрнестов. Стоять нужно неподвижно, смотреть вслед. Долго!!!

Проститься прямо в заведении и уйти, или печально остаться сидеть за столиком, глядя ей (им) вслед... Пробовали, но это не очень хорошо. Ночь, снег или дождь, или дождь со снегом намного лучше.

А у тех, кто умчались в такси, должно остаться ощущение каких-то нереализованных возможностей и мысль: «Вот ведь, оказывается, как бывает! Вот, оказывается, какие бывают... мужчины». Они должны ехать домой на заднем сидении такси и... улыбаться.

А два Эрнеста не должны сказать после всего этого «Есссс!», не должны пожать победно друг другу руки. А должны медленно и печально отправиться восвояси, думая: «Вот ведь какие бывают...».

Так получается не всегда. Так сыграть непросто. Но если получается, поверьте — очень приятно... Просто ё-моё, как приятно! И не стыдно!...

Я перестроился в правый ряд, чтобы свернуть с кольцевой в сторону аэропорта. Мелькнул знак со стрелкой и белым самолётиком на синем фоне. Знак указания направления на аэропорт. Сердце самопроизвольно радостно вздрогнуло, а потом так же самостоятельно упало на место. «Нет, нет, — сказал я ему, — мы никуда не улетаем»... Сердце обрадовалось этому белому самолётику и дороге на аэропорт, но ошиблось... Я никуда не улетал... А надо было бы, и неважно куда. Жаль, что Она здесь, в Москве... Так бы я немедленно улетел к Ней. Я прилетел бы к Ней из Москвы. Позвонил бы и сказал: «Я только что прилетел из Москвы. Я прилетел к Тебе»... А когда кто-то прилетает куда-то из Москвы, это почему-то вызывает уважение и понимание, что человек прилетел неспроста. А когда кто-то откуда-то прилетает в Москву — это... Ну, прилетел и прилетел, сколько таких прилетает каждый день.

Самолёт Макса, конечно, задержался. Ненадолго, но задержался. Разумеется, Макс не мог не задержаться. Я пошёл искать кофе.

Как же много людей утром в аэропорту! Удивительно, ведь это недёшево — летать самолётом, но так много людей летают. Как много всякого барахла продаётся в аэропортных киосках и магазинчиках. Причём продаётся намного дороже, чем в обычных местах. Но если продают, значит покупают. Покупают всё.

Я пил гадкий растворимый кофе из пластикового стаканчика, слушал гулкие объявления о прилётах, отлётах и так далее. И я при этом думал только одну мысль: «Как же сильно я Её люблю! Как же сильно!!!»

Я увидел Её в первый раз ещё летом. Собралась большая компания самых разных людей. Это был не пикник, а новоселье в загородном доме. Съехались какие-то родственники хозяина дома, масса его друзей, дети этих друзей и родственников. Все друг друга отлично знали, а я не знал никого, кроме хозяина дома и его жены. Я построил этот дом. Я архитектор. Ну, то есть, это так звучит — архитектор!!! На самом деле… Но об архитектуре чуть позже… Короче, я построил этот дом. Я этим занимаюсь.

Дом получился большой, с колоннами. Мне он не очень нравился, но родственники и друзья были в восторге. Все разбрелись по ещё необустроенной территории и по дому. Были на подходе шашлыки. И я уже собрался откланяться и исчезнуть, потому что уже раздал свои визитные карточки тем друзьям хозяина, которые немедленно хотели заказать мне дом… такой же, но немного другой. Она была с мужчиной, который тоже взял у меня визитку. Этот мужчина был лет пятидесяти, высокий и очень загорелый. Симпатичный, но со слишком ухоженной бородкой непростой формы. Он в той компании знал всех, а она никого. Мужчина поминутно представлял её то одному, то другому. Я увидел Её, просто представился, сказал что-то. Она тоже. Я даже не запомнил её имени, не зафиксировал, какая у неё причёска, и так далее…

Я уехал оттуда ещё до шашлыков… Но на следующее утро я подумал о Ней, а потом днём подумал: «А что Она, интересно, сейчас делает?», а потом вечером: «А кто Ей этот мужик с дурацкой бородой, и как Ей с ним, ведь он же зануда, наверняка зануда». Я вспоминал о Ней всё лето и начало осени.

А потом, месяц назад, мы повстречались снова, и с тех пор я просыпался утром, если удавалось уснуть, и думал, что я заболел. И уже целый месяц я жил как бы один бесконечный день. День не заканчивался. Потому что я беспрерывно думал одну и ту же мысль: «Как же сильно я Её люблю!!!»

Наконец-то Макс приземлился. Об этом сообщил громкий женский голос. И я пошёл в зал прилёта. Там уже стояли люди, некоторые с цветами, некоторые с табличками, остальные безо всего. На одной табличке было написано «Max Ludvigson». Я подумал, если Макс это увидит — тут же подойдёт и скажет, что это он и есть. Но господин Людвигсон подошёл раньше, чем мой Макс. Этот господин оказался высоким, носатым и в зелёном пальто. От него веяло сильнейшей нездешней скукой. Потом из дверей повалили женщины и мужчины в больших меховых шапках. Наш рейс, догадался я. Макс появился последним.

Он был весь расстёгнут, шапку и шарф нёс в руке. Расстёгнуты были пальто, пиджак и половина рубашки. Волосы торчали в разные стороны, лицо было несвежее, и на нём была дурацкая бородка и усики, которых раньше не было. Он засмеялся сразу, как только увидел меня. Засмеялся от радости. Боже мой, как бы я жил без Макса!

Мы обнялись крепко-крепко. Он смеялся. От него был сильный выхлоп перегара. Макс, конечно, пил во время полёта. Он боится летать.

Мы долго не могли найти машину. Я, хоть убей, не мог вспомнить, как и где я её парковал. Я, конечно, подъехал к аэропорту и где-то оставил машину, иначе как бы я оказался в самом аэропорту. Но я не помнил этого. Я слишком сильно влюбился... Мы ходили вдоль рядов автомобилей, Макс всё время отставал, застегивался на ходу и беспрерывно чего-то говорил...

Я снова встретил Её месяц назад... Была вечеринка по случаю открытия большого косметического салона. Его сделали мои приятели-коллеги. Я пошёл туда посмотреть на очередной типичный салон с набором типичных модных элементов. Я хотел прийти убедиться, что ничего интересного не получилось, поздравить приятелей с успехом и позлословить на их счёт с другими коллегами. Потом, на таких мероприятиях всегда много красивых женщин, всем скучно, и значит много разных возможностей.

Я архитектор... То есть, я не государственный архитектор, который создаёт «застывшую музыку» и фиксирует эпоху... Я не влияю на изменение лица города... Я построил десяток загородных домов. За четыре из них мне совершенно не стыдно, а одним я просто горжусь. Как-то совпали мои взгляды и интересы с желанием заказчика....

И получилось. Этот дом был во многих архитектурных журналах. Другие тоже были ничего, но компромиссные, а стало быть, неинтересные.

Зато я освоил и переделал много первых этажей разных зданий. Я спроектировал и соорудил целый ряд магазинчиков, кафе (два кафе), и даже один фитнес-центр. Я не люблю это делать. Самое неприятное в такой работе — это понимание, а вернее сказать, точное знание, что то, что я теперь делаю — магазин или кафе — ...вот этого скоро не будет. Имеется в виду, что через какое-то непродолжительное время какой-нибудь мой коллега, на том месте, где я строю сейчас кафе, будет планировать какую-нибудь парикмахерскую или салон оптики. Обязательно будет. Мне уже приходилось видеть, как ломали то, что я сделал всего несколько лет назад. Я не переживаю по этому поводу, просто неприятно.

Хотя, когда мы искали с Максом мою машину, мне было совершенно не до архитектуры. Если я даже не мог вспомнить, где и как я парковал машину, какая тут к чёрту архитектура.

У меня не «феррари» и не «порш». Все почему-то думают, что архитекторы — они такие-сякие. Есть и такие — это звезды, и уже непонятно, в каких космосах они находятся. Я с такими не знаком и тоже видел их только в журналах. Но это, по-моему, уже люди, которые ничего не строят, а только указывают пальцами некие направления. Им можно, им никто не скажет: «Не показывай пальцем, это нехорошо!» А я нет! Я хорошо знаю, какие новые строительные материалы поступают на рынок, где они дешевле. Я отлично умею материться, потому что строители это любят и других слов понимать не желают. Мне кажется, что я умею разговаривать просто со всеми. И ещё мне кажется, что я хороший человек.

Я был женат… там, в Родном городе. А в Москву я приехал уже неженатым. Чуть было не сказал, что был женат неудачно. Просто всегда говорится, в случае если люди разошлись, что брак был неудачным. Люди, может быть, прожили вместе много счастливых лет, а потом что-то пошло по-другому, и вот они расстались. Какая же тут неудача? Вот и я ничего плохого про свою женитьбу не скажу. Было много хорошего, расстались более-менее нормально, даже не без благородства… с обеих сторон… но я об этом не хочу… не могу я теперь об этом.

Как же мне невыносимо! Господи!!! Зачем я так влюбился?!!!

— Ты чего такой зелёный, влюбился, что ли? — Макс покорно трусил за мной. — Ты меня слышишь вообще?!!!

— Мне твоя борода не нравится!

— Шикарная борода, три недели — и готово!

— Сбрей немедленно… Да где же она, ё-моё, а?!

22

Наконец-то мы нашли машину.

— Ты её моешь вообще? — Макс нарочито брезгливо открыл дверцу.

— А ты зубы чистишь вообще?

Он тут же по-детски прикрыл рот рукой.

— Боюсь летать! Боюсь ужасно! Саня, мне так хочется кофе, булочку и душ! — Макс сложил брови домиком так, как это умеет только он.

А меня зовут Саша.

Максим — он не толстый, а скорее такой... упругий. Он не толстеет, он поправляется. То есть, становится всё правильнее и правильнее. Если бы Макс похудел, никто не сказал бы ему, что он в отличной форме, все интересовались бы, не заболел ли он. Его невозможно представить себе худым. Макс из такой породы людей, которые не меняются. Макса все и сразу находят на школьных и даже детсадовских групповых фотографиях. Но эта борода... была очень пошлая!

Мы уже ехали в город, когда Макс спросил:

— Значит, плохая борода?

— Просто нечеловечески!!! Хуже нельзя придумать!

— А я думал, для Эрнеста такая борода будет нормально.

— Какой Эрнест?! Ты скорее похож на сибирского... тореадора. — Я ещё раз в упор посмотрел на Максову бородку. — Кошмар... ужас настоящий!

— Да ладно тебе, я просто не брился три недели, а тут стоял у зеркала, думаю, чего-то похож я на какого-то купчишку или на разбойника.

— Лучше уж разбойник или купчишка. Сибирский золотодобытчик или душегуб, но при этом милый и таинственный. А тут просто какой-то опереточный персонаж, к тому же ещё и пьющий.

— Я же так, слегка…

— Пока ты её не сбреешь, я с тобой вместе даже на заправку постесняюсь заехать.

— Я тебя рассмешить хотел. — Макс повернул к себе зеркало и стал рассматривать бороду, выпячивая вперед подбородок. — Значит, не стоит мне носить бороду?

— Да делай что хочешь! Но ты не видишь разве то же самое, что и я? Ты же смотришь в зеркало! И что, доволен? Это же просто… Ну посмотри, ты сделал себе лицо, среднее между шкипером и мушкетёром. А среднее между шкипером и мушкетёром — это дурак! Причём дурак с претензией.

— Саня, она у меня растёт клочками какими-то, я хотел попробовать… И всё. Сейчас доедем куда-нибудь, и сбрею я её. Не переживай ты так.

— Ну и пускай растёт клочками, как растёт, так и пусть растет. Или сбривай её совсем, чтобы не было никакой. А эти усы, эти бородки, бакенбарды сраные всякие.

Ужас просто. Понимаешь, вот есть у человека лицо, и слава Богу!!! Нос или рот, какой бы он там ни был, он есть и всё. А вот какой-нибудь деятель отпустит себе усы, и трясётся над ними, а когда смотрит на себя в зеркало — он же остаётся доволен. Понимаешь, доволен. Если бы был недоволен, то сбрил бы их или изменил форму усов. Нет! Ему нравятся именно эти, а значит он сам себе нравится. И нравится по-серьёзному, безо всяких там. Терпеть не могу! Чем пафоснее и серьёзнее какой-нибудь деятель, тем ухоженнее усы и борода. А эти шкиперские бородки… Мол, я такой интеллигентный, но романтический и свободный. Все эти пошлые эспаньолки… Представляешь, они же красят их, Макс, красят… Конкистадоры, ядрёна мать. — Я говорил, распалялся и гнал машину всё быстрее. — А эти лысые длинноволосые люди. Отрастят с одной стороны длинные потные перья, и давай их зачёсывать на лысину. Тошнит! Тошнит ведь! И лысина от этого у них выглядит, как какой-то мерзкий припудренный прыщ. Не могу просто! Нет чтобы состричь всё коротко и забыть про это… Но главное, они же смотрятся в зеркала, представляешь!!! И остаются довольны. Это непостижимо!

— Я её сбрею, сказал, значит сбрею. Я же не спорю. Ты что думаешь, я не понимаю… Что с бородой, что без бороды — один чёрт… Я же пошутить хотел. Но в Москве, вижу, не прокатывают такие шутки. — Макс улыбался, он не обижался, а я чего-то прямо-таки завёлся.

В этот момент зазвонил мой телефон. Началось! Рабочий день подал о себе первый сигнал. Но последний месяц от каждого звонка сердце вздрагивало надеждой... Вдруг это Она! Как жаль, что Она знает мой телефон... Точнее, не то, что она его знает, а то, что он у Неё есть... Или был. Во всяком случае, я его Ей давал. Зачем я это сделал?! Как только я дал ей номер своего телефона, я сразу стал ждать её звонка. Это ужасно!!! И это ещё на фоне того, что я всё время сам хотел позвонить Ей. Номер её телефона высвечивался огненными цифрами прямо у меня в мозгу...

Когда я вновь встретил её, там, на открытии косметического салона... Она увидела меня первой. Я разговаривал с кем-то, а потом перевёл взгляд в сторону и увидел её улыбку. Она уже смотрела на меня и улыбалась. А потом... мы просто поздоровались, вспомнили летнюю встречу. В смысле, просто сказали что-то друг другу о той встрече. Говорили ещё о чём-то. Потом меня отвлекли, и она отошла к кому-то. Но я всё время под разными предлогами подходил к ней или тем людям, которые с ней разговаривали. Я внимательно осмотрелся, но не обнаружил того мужчину, который был с ней летом. Если его нет, значит нужно было выяснить, с кем она пришла. Не может быть, чтобы она была одна.

Отчётливо помню, что мне удалось как бы непринуж-дённо и даже обоснованно, ну, как бы не просто так, спро-сить у неё номер телефона. Она сразу же дала мне свою визитную карточку, протянула её мне, потом извинилась, достала ручку и написала на обратной стороне номер мо-бильного телефона. Я сделал то же самое… И сразу стал ждать её звонка…

Она в тот вечер была одна. Потом ей кто-то позво-нил, она сказала: «Да-да, сейчас выхожу». Так получи-лось, что я помог ей найти пальто, помог надеть его и проводил до выхода. Она на секундочку оглянулась, сделала такой полуоборот, улыбнулась и слегка повела рукой. Получился почти неуловимый прощальный жест. Она вышла. Мелко-мелко переступая, быстро подбежала к стоящей напротив входа машине. Из неё вышел мужчина, не тот, что был летом. Он сидел за рулём, и вышел ей навстречу, открыл ей переднюю дверцу. Она села, он захлопнул дверь, вернулся на своё место, там, внутри, они, кажется, коротко поцелова-лись. И уехали. Мужчина был в чём-то тёмном, даже скорее в чёрном. Куртка или короткий плащ. Машина была хорошая, и не такая, на которой ездят с водите-лем. За рулём такой машины должен точно сидеть хо-зяин… машины. Ну конечно, а как же иначе?! Такая женщина!

У меня осталась Её визитная карточка. Я поднес её к глазам. Там было Её имя!!!

Я так боялся увидеть карточку какого-нибудь модельного агентства или узнать, что она дизайнер. Страшно было прочесть также о каком-нибудь диетпитании или про что-нибудь, связанное с юриспруденцией. Журналисткой быть она не могла. Это было очевидно.

Нет! Она работала в туристической фирме. Большой и солидной. Она заведовала там авиаперелётами. Я обрадовался. Самолёты — это прекрасно. Я поцеловал карточку.

А ещё можно было быстренько выяснить, кто её пригласил на это мероприятие… и получить ещё информацию…

Когда я ехал домой, я знал о ней достаточно. Она была знакомой одной из хозяек этого салона, и один мой приятель, из тех, кто делал салон, тоже её немножко знал. Они сказали, что она очень хорошая, она не замужем, у неё есть дочь лет восьми-девяти. И ещё они сказали, что она точно очень хорошая.

Дочь восьми-девяти лет!!! Ни фига себе. Мне она показалась одновременно и очень юной, и взрослой. Точнее, я почувствовал. Что она старше меня. Хотя это наверняка не так. Моему сыну десять. Но она показалась мне старше меня. Потому что она такая красивая. Все очень красивые женщины кажутся мне... что они меня старше. А она была прекрасная...

Я позвонил ей через три дня. Как я их прожил, не очень понятно. Раньше звонить было нельзя. И так-то было слишком рано. Но больше я выдержать уже не мог.

3

Мы с Максом ехали к городу. Уже стало светло. Наступил такой белёсый день. Зимний облачный день, матовый и неконтрастный. Первый звонок в этот день был не от Неё. Звонил Паскаль, мой забавный французский друг. Архитектор из Парижа. Очень энергичный и деятельный сорокалетний парень. Его отец был когда-то консулом в России. Паскаль отлично знал русский язык. У него был даже не акцент, а какой-то свой очаровательный неправильный, но выразительный вариант русского языка. Этакий диалект, которым владел только он один. Общаться с ним было очень смешно. Он сильно хотел что-нибудь осуществить в Москве, приехал с этой целью месяца два назад, и закрутился... Закрутился так, что его невозможно было остановить. Ему очень нравилось в Москве. Но о каком-то деле он пока не договорился. Я пообещал ему помочь, хотя чем помочь, ни он, ни я — мы оба не понимали.

Он позвонил, чтобы напомнить мне о встрече.

— Саша́, прривет, я не разбудил? — он задавал этот вопрос всегда, даже если звонил вечером.

— Нет! Ну что ты!

— Мы договорились встречаться сегодня. Ты ещё хочешь повстрэчаться?

— Я уже еду к тебе.

— О-о-о! А куда? — спросил Паскаль.

— Паскаль, не проверяй меня, пожалуйста, а! Я помню, во сколько и где мы встречаемся.

— Хорошо, до скорого, пока! — он отключился.

— Хочешь, познакомлю с модным французским архитектором? — спросил я Макса.

— Хочу! А как же борода?

— Он француз, он не заметит! Поехали, мне надо с ним встретиться. Ненадолго. Там будет кофе и булка.

— Отлично! А я не помешаю? Я могу пока сгонять к своим, а потом повстречаемся где-нибудь. Я бы хотел лучше пока переодеться и душ принять.

— Макс! Что значит — сгоняю к своим. Я тебе не извозчик!

— Да я такси возьму, ты не так понял!

— Макс, не надо! Не надо этого! Я, конечно, тебя отвезу куда нужно. Но можно было об этом сказать раньше, а! У меня сегодня рабочий день. Рабочий! Куда тебя везти?

— Ты чего?! Обалдел? Не мог меня встретить, так и не надо. Проблемы-то нету. Выпусти меня, я машину поймаю.

— Макс!!! Куда ехать?

— Понятно! — Макс отвернулся. — Где ты встречаешься с французом? Вот туда и езжай. Потом разберёмся.

Некоторое время ехали молча.

— Извини, Макс!

Макс не ответил.

Опять ехали молча.

— Макс, извини, говорю.

— Угу. — Максим кивнул головой, не повернувшись ко мне.

Я, не включив сигнал поворота, пересёк правую от меня полосу движения... Потом, чуть не вылетев на тротуар, затормозил... Как только я выскочил из машины и захлопнул за собой дверцу, я закричал. Закричал очень громко. Многие люди оглянулись на меня. Крик получился короткий. Это был крик... в самом конце выдоха. Потом я застонал, наклонился вперед и... заплакал...

4

Паскаль ждал меня в кафе на Пушкинской площади. Он сидел прямо у окна и увидел меня, когда я подходил к кафе. Он радостно замахал рукой. Чёрт бы его побрал... совсем.

Я успел завезти Макса к родственникам. Мы договорились после обеда созвониться и повстречаться снова. Макс чего-то хотел мне сказать. Знаю я, к чему сводятся его разговоры! Надо будет перемещаться по городу и везде выпивать. А ещё, как только он выпьет — сразу начинает звонить бывшим землякам, которые обосновались в Москве. А те будут и рады. Если же не будут рады... всё равно приедут. Максу отказать невозможно.

Я чувствовал, что зря так обошёлся с Максом. Далась мне его борода... Нет! Борода была ужасная, но только вёл я себя... В общем, так нельзя!

Мы договорились встретиться с Паскалем в полдень. Я опоздал минут на пятнадцать. То есть, было уже четверть первого, а я так и не придумал хоть сколько-нибудь нормального повода Ей позвонить.

Паскаль бросился мне навстречу и стал обнимать меня, как сумасшедший. Это не было такое формальное европейское объятие и поцелуй мимо щеки. Нет! Это были яростные объятия очень счастливого человека. Паскаль не стал укоризненно постукивать пальцем по стеклу своих наручных часов, дескать, сколько можно тебя здесь ждать. Сам он опаздывал, и ничего. Но если опаздывал я, он надувал щёки и делал непонятный у нас, какой-то, видимо характерный для Франции, жест. А тут… Он был в восторге от чего-то.

— Саша! Спасибо, дружище! Это так прекрасно! Я очень-очень рряд! — он вёл меня к столику, за которым сидела очень эффектная женщина в чём-то леопардовом и с причёской. Я не сразу посмотрел ей в глаза, потому что бюст был предъявлен как центр внимания.

— Сашá, познакомься — это Катеррина, мой первый клиент в Москве!

Слава Богу, что я не сказал то, что тут же чуть не выпало у меня изо рта, потому что я чуть не ляпнул: «Зато ты у неё точно не первый клиент!».

— Катеррина — подруга Алёши. Познакомься! — он посмотрел на Катерину. — Познакомьтесь, это — Сашá, Я вам о нём рассказывал.

— Саша, — сказал я и улыбнулся, как мог.

— Катя, — тихо сказала она и протянула мне расслабленную руку ладонью вниз. Вот и пойми, пожимать её или целовать. Я пожал.

— Катеррина — подруга Алёши! Мы начинаем очень интересный проект. Может получиться манификально совершенно… очень смело!

— Простите, — извинился я, обращаясь к даме. — Паскаль, дорогой, какой Алёша?

— Ну-у-у?! Алёша! К которому мы ездили смотреть квартиру!

Моё лицо продолжало хранить непонимание, хотя я уже сообразил, о ком идёт речь.

— Алёша! Который хочет большой ремонт и мансарду! — уточнил Паскаль.

Я понял… я, конечно, понял, о ком говорит Паскаль. Но я не мог поверить ушам! Во-первых, интересно, что должно было произойти, чтобы этот француз в мятой рубашке навыпуск и старых коричневых брюках крупного вельвета стал называть «Алёшей» человека, которого, наверное, даже родная мама в детстве так не называла. Алёшей он назвал минимум сто двадцать кг живого веса, без шеи, почти без волос на голове, с огромными руками и маленькими, вечно прищуренными голубыми глазами на хитром лице.

Если бы этого «Алёшу» показали в каком-нибудь кино, критики непременно сказали бы, что герой чересчур карикатурен и таких в жизни не бывает. А «Алёша» был! Он был мой земляк. Он недавно переехал в Москву, купил огромную квартиру на Пречистинке, заказал мне, как земляку, нечеловечески роскошный ремонт и… вот… обзавёлся подругой Катей. Но то, что Паскаль назвал Алёшей человека, которого в Родном городе никто кроме как Циклом не звал — это ерунда… Главное, что я только услышал, что мой приятель, француз, увёл у меня заказчика. Вот так вот! Вуаля! И всё! Офигеть просто!

На столе перед Катериной лежали журналы и фотографии, какие-то папки. Журналы и фотографии Паскаль всегда таскал с собой… Когда мы ездили к «Алёше», всё это было при нём.

Однажды я взял Паскаля с собой в гости. Я хорошо помню, что мы сидели на даче моих хороших знакомых. Я привёз к ним Паскаля. Он — очень хороший аттракцион. Когда я хотел кого-нибудь из приятных мне людей чем-нибудь порадовать, я брал с собой Паскаля. Он, кажется, отлично понимал, зачем я его таскал с собой, но не подводил никогда. Больше всего радовал Паскаль тем, как он говорил. Особенно удавались ему разные странные производные…. Например, он мог сказать: «Они (кто-то) уже полностью затрахнули мне весь мозг!» Или: «А я им сразу сказал, что это мне до фига не интересно!» Он очаровательно сообщал: «Как я устал от этой пьянственной жизни». Или: «Мне необходимо поутюгствовать рубашку!» Я не мог втолковать ему, что надо говорить «секретарь», а не «секретарщица», и так далее. Однажды он выдал просто шедевр. Он сказал про одного человека: «Наверное, у него комплекс недрагоценности».

Так вот, мы приехали с ним к очень милым людям на дачу. На хорошую, классическую подмосковную дачу, с

большой деревянной белой верандой и запущенным са-
дом. Мы там чего-то задержались и остались ночевать.
А значит, выпивали почти до утра. Хозяин дачи пожало-
вался, что их соседи продали свой домик, который был
ещё лучше, чем их собственный. Продали каким-то иди-
отам, которые уже купленный домик сломали и собира-
ются строить нечто, сильно напоминающее замок графа
Дракулы.

Мы начали развивать тему идиотизма. Я, конечно, говорил, что все мнят себя архитекторами и ваяют себе такое!!! Паскаль уверял, что просто людям надо объяснять,
убеждать их, и всё получится. Я же говорил ему, что это
бесполезно! Потому что назначают модным что-нибудь — и все начинают делать себе круглые башни, потом
кто-нибудь сделает зимний сад, и пошло-поехало. А главное, развелось такое количество шарлатанов, которые
слова поперёк желания заказчика не скажут, идут на поводу… А Паскаль своё — мол, всем всё можно объяснить и
доказать. Я разозлился, сказал ему, что понаехали сюда
знатоки того, как надо и не надо, а на самом деле вообще
ничего здесь не понимают, и только пользуются тем, что
русские люди живут иллюзиями и с большим почтением
относятся к европейцам. Но ничего! Недолго уже осталось!!! Паскаль говорил, что не надо устраивать «поссор»
(то есть ссориться не надо).

В итоге, мы поспорили, я пообещал взять его на встречу с заказчиком. Мне как раз надо было встречаться с Циклом… ну, то есть, с «Алёшей». Я думал: «Пусть посмотрит на реального человека и скажет, можно ему что-то объяснить или нет».

Я был уверен, что Алёша-Цикл не подведёт. Это было неделю назад. Мы поехали с Паскалем смотреть квартиру и чердак, которые я взялся реконструировать и делать там большой ремонт.

Алёша ждал нас, стоя посреди огромного помещения с разбитыми окнами. Стены уже сломали, но обломки ещё не вывезли. Дом был старый, с высокими потолками. Паскаль очень воодушевился, попросил у меня план квартиры и чердака и забегал по дебрям разрушенного жилья. Мы стали обсуждать с земляком детали проекта. Цикл не вникал в эти детали. Ему было как бы всё не очень важно. Он возил меня в дом, где ему нравилось, «как всё сделано». И он просто хотел то же самое, но лучше, и чтобы обязательно была бильярдная. Большая. В том доме было всё по полной программе.

Паскаль убегал на чердак, возвращался, говорил какие-то восторженные слова о том, как и что можно сделать, и как это будет «манификально» и «спектакулярно»… и убегал снова. Цикл, конечно, услышал акцент и иностранное имя, и я представил Паскаля как своего коллегу, но минут через двадцать он спросил: «А кто это?».

Я сказал, что это мой друг, модный парижский архитектор, теперь хочет сделать что-то у нас.

— Конечно, хочет, — сказал Алёша. — Везде сейчас понимают, где реально платят…

Я говорил, что Паскаль романтик, но очень талантливый, хотя делает странные вещи. Паскаль как раз сунул мне свои журналы и фотографии. А я возьми да и скажи:

— Кстати, вот… его работа, — я показал фотографии Паскалевых произведений в архитектурном журнале. Это был какой-то очень решительный объект. Весь из металлоконструкций и стекла. Городская художественная галерея, где-то на севере Франции, в небольшом городке. Паскаль построил её года четыре назад и получил за неё какую-то премию. Я специально показал самый дикий объект, чтобы услышать что-то вроде: «И за это его не посадили?» или «У нас мужики сортиры делают красивее». Но Алёша внимательно посмотрел фотографии, забрал у меня журнал и стал листать. Когда Паскаль вернулся, Цикл пальцем ткнул в фотографию и сказал громко, как будто говорил с глухим человеком:

— Ты сделал?

— Да!!! Но это было давно!

— Молоде-е-ец! — Цикл переглянулся со мной и показал на Паскаля пальцем, так, как если бы тот был какой-нибудь работящий зверёк, типа бобра или енота-полоскуна.

И всё, больше они не разговаривали. Паскаль только на прощание сунул Циклу свою визитную карточку. А Цикл, в свою очередь, прощаясь, спросил меня громким шёпотом: «Модный, значит?» Я сказал, что вполне модный…

И вот — на́ тебе!

Глаза Паскаля блестели, причём казалось, что левый глаз блестит ярче, чем правый.

— Альёша решил, что Катеррина будет решать, как будет получаться. Мы думаем, как делать мансарду, посмотрри.

Он стал показывать мне какие-то размашисто исполненные эскизы. Там были его любимые металлоконструкции. То, что он мне продемонстрировал, было почти дикостью… Дикостью, даже в сочетании с Паскалем. Но Катерину в леопардах, и тем более Алёшу-Цикла, я представить себе во всём этом просто не мог…

Паскаль говорил, а я думал, стоит ли то, что сейчас со мной происходит, того, чтобы позвонить Ей, и рассказать об этом. И если об этом стоит рассказать, то как следует эту историю интерпретировать: как эпизод забавный и курьёзный или как историю вероломства и предательства.

— Катеррина, — Паскаль обратился к нашей молчаливой даме, — извините нас, пожалуйста. Мы немного отойдём.

Катя слегка приподняла брови… и всё. Паскаль увлёк меня в сторону.

— Саша, я всё очень хорошо понимаю! — сказал он спокойным и ровным голосом, совсем немного отведя меня от столика. Он говорил, казалось, совершенно без акцента. — Как ты думаешь, сколько я тебе должен за твою помощь?

— Паскаль???! — моё лицо, видимо, отобразило полное смятение и непонимание вопроса.

— Саша! Я должен тебе за твою помощь. Обязательно должен. Сколько? Это же нормально! Ты помог мне найти хороший заказ, и я тебе плачу. Ты хочешь процент или какую-нибудь определённую сумму?

— Паскаль, дорогой!!! — сказал я совершенно спокойно. — Ты где этому научился? Здесь или у себя на родине?

— Саша! Не говори, как моя первая жена, пожалуйста. — Он сказал это с какой-то неподражаемо «нашей» интонацией.

— Поздравляю, дружище! Ты отлично начал! Пока! Я искренне рад за тебя! — я улыбнулся как можно честнее, потом наклонился к Паскалеву уху и громким шёпотом сказал: — Поаккуратнее с Катериной, Алёша может подвесить и поджарить…

Я протянул ему руку, он машинально пожал её. Я развернулся и вышел из кафе. Быстро-быстро подошёл к машине, сел за руль и минут пять думал о произошедшем.

Нужно было срочно разобраться в этом. И я разобрался, как мог. Во-первых, Паскаль как минимум выиграл спор! Во-вторых, хотел я делать этот ремонт для Цикла? Не хотел! Нужна мне эта канитель со всем тем, что хотел Алёша-Цикл получить в итоге нашего сотрудничества? Не нужна! Ловко Паскаль всё обстряпал? Ловко! Влюблён я сейчас или нет? Влюблён!!! Прав Паскаль сейчас? Не прав! Правильно я изобразил обиду? Правильно! Значит, всё очень хорошо!!! Можно спокойно напиться с Максом! И как же хорошо, что мне удалось сохранить вид благородной обиды. Это прекрасно.

Какой же Паскаль молодец-то, а?! Вот так смотришь на этих иностранцев, которые идут по Тверской, не глядя под ноги и замедляя общее движение. Идут, рты чуть-чуть приоткрыты, улыбаются. Кажется, все такие наивные, милые, нежизнеспособные. А тут вон как, оказывается! Молодец!

Я завёл машину и поехал, поехал просто вперёд. Нужно было обдумать причину, выдумать повод позвонить Ей. Из-за того, что встреча с Паскалем сократилась практически до минимума — у меня появилось свободное время… И можно было что-нибудь сделать… Например… Позвонить Ей.

5

Я отлично знаю, что звонить, конечно, не нужно. В этом нет решительно никакого смысла! После таких звонков становится только хуже. Причём в любом случае. Например, вот ты не выдержал и позвонил. Предварительно придумал причину, высосал из пальца какой-то предлог и набрал заветный номер… И тебе не ответили! До этого звонка было не здорово, а после… стало просто невыносимо! Почему она не ответила? Не услышала звонка? Опять же почему? Не хочет отвечать? Может быть, у неё определился номер того, кто ей звонит, то есть мой номер, и она не пожелала ответить? Почему? Я надоел? Или она занята? Или она не одна? Почему она не отвечает? Надо бы позвонить с другого, не известного ей номера…

Или она ответила, но коротко сказала: «Извини, не могу сейчас говорить, перезвоню сама», — и отключилась. Почему не может? Уже не рабочее время, а если даже рабочее, зачем же так-то! Она перезвонит! Когда? Ждать невыносимо! Но она уже сказала, что перезвонит сама, и значит, сам я уже перезвонить не могу. Она же сказала!... Вдруг она в больнице у кого-нибудь или на похоронах, мало ли что. А если она позвонит нескоро, как тогда жить? А если вовсе не позвонит сегодня, как спать? Как дожить до завтра? Надо немедленно придумать совсем весомый повод, чтобы как бы не мочь снова не позвонить.

Или я позвонил, а она обрадовалась, мы поговорили, о чём-то договорились даже... И вот прощаемся, я говорю: «Пока, целую», — а она: «Пока-пока». И не сказала «целую». Почему? Почему она не сказала? И я начинаю думать, думать... И понятно, что срочно нужно придумать предлог, чтобы снова позвонить и снять это напряжение, а иначе можно просто сойти с ума.

Или звонишь... и всё хорошо! Поговорили прекрасно, и договорились обо всём, и она «поцеловала» в конце разговора, и попрощались хорошо. И минут десять-пятнадцать после такого разговора — счастье и покой. Но скоро, очень скоро покой улетучивается. А просто после такого прекрасного разговора ты вспоминаешь каждое её слово... У тебя больше ничего нет, кроме этих слов. Ты перебираешь весь разговор, все его детали, как драгоценные камешки, и сначала радуешься... а потом камешки меркнут, их становится НЕДОСТАТОЧНО! И нужно ещё, ещё... И желание позвонить становится ещё сильнее и невыносимее, чем до того последнего звонка... И нужно немедленно найти причину снова набрать её номер.

Или её номер занят, она говорит с кем-то...........

То есть, звонить Ей не надо. Ни в коем случае. Это я понимал. Понимал с самого начала.

Я помню, как Она обрадовалась, когда я позвонил ей в первый раз...........

Паскаль позвонил мне минут через десять после того, как я отъехал. Голос его был очень, как бы это сказать... значительным.

— Саша! Пррости меня, пожалуйста! Ты должен меня послушать. Я понимаю, как ужасно ты подумал. Прости, но я не такой сволоч, как ты решил. Я тебе всё объясню!!!

— Паскаль, я...

— Я тебе хочу сказать, — он не дал себя перебить, — что если тебе так не нравится, и если ты со мной так не захочешь больше разговаривать, то я откажусь от этого заказа. Я просто откажусь и всё!

«А-а-а!!» — подумал я.

— Паскаль! Я сейчас не могу говорить. Извини. Поговорим позднее. Я сам тебе позвоню.

— Саша́, я срочно хочу...

— Потом поговорим! Я чуть позже тебе позвоню. О.К.? Пока! — Я отключился. То-то же! Пускай помучается. Очень хорошо! Только зачем я сказал это «О.К.»? Зачем? Вышло грубо и как-то по-дурацки… Позвоню ему вечером или завтра.

Да! Так вот… Когда я позвонил ей в первый раз, она обрадовалась. Узнала не сразу, но… почти сразу, и обрадовалась. Три дня, которые я непонятно как прожил… Те три дня, после той встречи, когда она дала мне свой телефон, и до того, как я ей позвонил… Казалось — все те три дня я только вдыхал и не выдыхал. А тут она обрадовалась, и я выдохнул. У меня так легко-легко получилось предложить ей встретиться! Она согласилась! Не в тот же день, конечно, а через пару дней.

Мы встретились в кофейне на бульваре… совсем недалеко от Чистых прудов. Я пришёл раньше и видел, как она подходила к кафе. В этот раз я разглядел её очень хорошо и подробно. Оказывается, я каждый раз забывал и забываю её лицо. Не в том смысле, что не помню его. Но в смысле: не могу удерживать его в памяти и воспроизводить. Оно так прекрасно, что мне не хватает памяти на воспроизведение! А её фотографию я не хочу иметь при себе, и вообще не хочу её фотографию… Непонятно, зачем фотография нужна… Хотя, я хотел бы беспрерывно её фотографировать.

Она пришла тогда почти точно вовремя. На ней было лёгкое пальто… У неё прекрасный вкус! Как мне нравится, как она одевается! От неё так пахнет! Мне нравится всё! Я так её люблю!!! Слишком сильно! Невыносимо!

Мы только один раз были в том кафе, а я не могу теперь проезжать мимо него. Я стараюсь этого не делать. Мы просидели тогда в нём не более сорока минут, выпили — она чай, я два кофе. Говорили ни о чём, она смеялась, а я смотрел на неё — и думал о том, как я хочу взять её сейчас за руку и не отпустить никогда. Посидели сорок минут, и это кафе стало для меня «нашим» кафе. Я не могу туда зайти больше, и вид этого кафе ранит меня. И бульвары… все бульвары ранят. И весь город ранит меня беспрерывно. Потому что Она здесь. А все те места, где мы встречались, стали просто эпицентрами нестерпимого… волнения, тревоги…

Вот, к примеру, на открытии косметического салона она дала мне номер своего телефона, и теперь все косметические салоны мучают меня и заставляют вздрагивать. Мало того, даже слово «косметика», и то как-то тревожит. И слово «космос»… из-за близости звучания не оставляет шансов быть спокойным хоть иногда.

И вот так со всем! Я узнал, что Она работает в туристической фирме и занимается авиаперелётами — теперь для меня все турфирмы стали источниками сильнейших сердечных спазмов… И все офисы всех авиакомпаний тоже. Всё-всё, что было хоть как-то с Ней связано… А с Ней было связано ВСЁ. Особенно этот город.

Я ехал и думал: «Уже час дня, а я никак не могу Ей позвонить, нет внятной причины, да ещё Макс тут. Надо быть с ним. Куда его девать?!» Ещё нужно было заехать на один объект. Я вёл «стройку». Ну, то есть, делал очередной магазин, и там возникли какие-то проблемы, и нужно было заехать — поругаться. Нужно было привести в чувства бригаду строителей, которые, видимо, расслабились. Ехать туда было рано. Есть я не хотел. С этим в последнее время вообще были проблемы. Я не ел ни черта! Не хотелось. Паскаль даже спросил меня как-то: «Саша! Ты что, не пользуешься едой?!» Ну, не лезло в меня! А что ещё можно делать в Москве в обеденное время в будний день? И вдруг, пришла счастливая мысль. Я обрадовался ей. «Постригусь, — решил я. — Надо постричься».

В школе, в старших классах, я очень хотел иметь длинные волосы, но они не очень росли. Волосы у меня вообще не очень. Никогда мне мои волосы не нравились. Я стригусь нечасто и значения волосам особого не придаю. Но когда мне бывает плохо, не в смысле, заболел или огорчился, а когда долго плохо… мне хочется побрить голову наголо. Я уже делал это. Помогает. Не знаю чем, но помогает. Становится как-то легче, что-то обновляется. И некоторое время каждый подход к зеркалу вызывает удивление и даже улыбку. То есть, после бритья головы моя внешность вызывала у меня улыбку.

Я с радостью побрил бы голову и в этот раз. Но что Она об этом подумает, как Ей это понравится? И если Она спросит: «Зачем ты это сделал?», — я же не смогу ей сказать: «Понимаешь, я слишком сильно тебя люблю, я не могу справиться с этим чувством, я схожу с ума. Вот я и подумал, может быть, будет лучше мне побыть без волос. Может быть, станет легче».

Я не могу так сказать! А что тогда говорить? Всё остальное не будет правдой. А как я могу Ей сказать неправду?! И, кстати, я Ей ещё ни разу не сказал прямым текстом, что люблю её.

Я поехал на Петровку. Там, во дворах, есть одна знакомая парикмахерская, где можно надеяться попасть к хорошему мастеру без записи... в обед, в будний день. Я давно перестал ходить в такие парикмахерские, где приходится сидеть и ждать в живой очереди. Те парикмахерские остались там, в Родном городе. Там в очередях сидят мальчики и пенсионеры. Стригут их одинаково. Там громко работает радио. Толстые парикмахерши говорят ещё громче. Они говорят обо всём-всём, как будто тех, кого они стригут, вовсе не существует. Они говорят, стригут, потом крикнут: «Следующий», берут веник или щётку и, продолжая разговор, плохо подметают у своего рабочего места. «Как будем стричься?» — и опять своё. Если бы мне, как в детстве, подкладывали доску под задницу, чтобы я сидел выше, я бы продолжал ходить в такие парикмахерские. Там меня стригли и хвалили за то, что я такой хороший. И я казался себе очень талантливым и чудесным человеком.

Мне повезло. Оказался свободный мастер. Она охотно согласилась меня постричь. Маленькая, худенькая, можно сказать, костлявая, с очень выразительным острым лицом. «Такая может свести с ума, — подумал я. — И наверняка кого-то уже свела». Мне очень повезло с ней. Она оказалась немногословная, внимательная, и такая, ну… в общем, когда она меня стригла, то от сосредоточенности, ответственности сжимала губы так, что губы белели. Короче, два месяца назад я обязательно взял бы у неё телефон, чтобы, якобы, иметь возможность стричься только у неё.

— Как будем стричься? — глядя на моё отражение в зеркале, спросила она.

— Ну, так… покороче. Сверху уберите чуть-чуть, уши откройте, впереди так… ну-у-у, в общем, чтобы было прибрано, но не прилизано, понимаете? И сзади слишком явной окантовки не делайте, я не офицер.

Она улыбнулась, запустила пальцы мне в волосы, пошевелила ими.

— Понятно. Пойдёмте голову помоем, — сказала она.

— Пойдёмте, хотя я мыл голову утром.

— В порядке у вас волосы, просто с мокрыми волосами легче работать.

Она мне мыла голову, массируя её и поливая тёплой водой. Зачем я так влюбился? Как бы мне было сейчас хорошо, если бы не это.

Как только она стала меня стричь — я начал засыпать. Я видел в зеркале себя, завёрнутого в… эту… ткань, не знаю точного слова, в общем, в то, во что заворачивают в парикмахерских. Из свёртка торчала голова. Голову стригла женщина. Она внимательно рассматривала мои волосы и стригла их. Она лучше меня знала, как мне будет лучше, какую и где оставить длину волос. Я пришёл сюда, потому что хотел, чтобы обо мне позаботились.

Она касалась моей головы, легонько поворачивала и без усилий наклоняла её. Я засыпал. Было так приятно. Глаза мои закрылись. Я увидел какие-то белые пятна среди темноты. Я думал, но думал ту мысль, которую думал не здешний я, а тот, который находился во сне.

Не могу сказать, что я видел сон. Я же не спал, как спят в постели ночью. Это был другой сон. Сон, который бывает, только когда тебя стригут. Потому что сон в вагоне метро или сон на лекции — это другие сны. В общем, я подумал… И мысль была такая, которую просто так не воспроизвести. Это была не мысль даже, а идея, которая пришла в виде желания, мечты, видения и даже истории. Но пришла и ушла в один миг… как вспышка. Как свет молнии в ночи. Молния освещает мир на миг, но видно всё в деталях. Много-много всего видно! И можно этот миг описывать долго-долго. Так и со мной. Идея пришла в одно мгновение, и целиком, во всех подробностях… Сейчас я расскажу, что мне привиделось.

Я увидел…

Быстро стемнело, и мы зажгли костры. Наш избитый батальон — стрелковый батальон измотанного и обескровленного экспедиционного корпуса — готовился покинуть лагерь. Мы получили приказ срочно отступать. Отступить нужно было ночью, тайно, не привлекая внимания неприятеля. Мне приказано было остаться. Осколки моего взвода и я должны были жечь костры, чтобы враг ничего не заподозрил и думал, что наш батальон на месте. Утром мы встретим неприятеля и постараемся подарить уходящим как можно больше времени. Быстро двигаться они не могли. Было много раненых, да и те, кто остались невредимы, очень страдали от жажды и усталости.

Месяц назад нам удалось прорваться на узком участке, и какое-то время мы успешно наступали. Но потом наше наступление завязло в песках и совсем остановилось. Снабжение сильно отстало. Только некоторым грузовикам удалось проползти через пески и доставить нам немного столь необходимых боеприпасов, еды и воды. Воды сильно не хватало. Последние несколько дней не удавалось думать ни о чём, кроме воды. И вот нам приказали срочно отступить.

Я был возмущён. Два дня назад наши разведчики ушли и до сих пор не вернулись. Их нельзя было лишать шанса вернуться к своим, хотя надежды на их возвращение почти не осталось. Я настаивал, чтобы кто-то остался хотя бы до утра. Вот и оставили меня и мой взвод. Я был рад.

Я прекрасно себя чувствовал. В этом мире не было женщин. Они были где-то далеко. А здесь их даже представить себе было трудно. Батальон уходил тонкой вереницей и сразу исчезал в темноте. Мы прощались быстро и молча. Кому-то пожимал руку, с кем-то обнимался. Не было сил даже на то, чтобы подумать, что мы больше никогда не увидимся. Точно не увидимся! Все так устали, что было не до таких мыслей. Кто-то спешно дописывал письмо, чтобы отдать уходящим. Последние письма! А я не стал писать. А кому?! Я хотел написать только Ей! А что я Ей могу написать? Что я думаю только о Ней. И буду думать до самой смерти… Нет! Я не могу так Ей написать… А если я напишу Ей что-нибудь милое и забавное, Она же всё равно узнает, что со мной случилось. Она поймёт, что я писал Ей это милое и забавное письмо, будучи уже обречённым. Она будет плакать. А я не хочу, чтобы Она плакала. Вот я и не стал ничего писать.

Подул сильный ветер, он поднимал в воздух песок и носил какой-то хлам по опустевшему лагерю. Жуткий зной сразу сменился холодом. Ветер почти срывал пламя с костров. Огонь завывал. На длинном флагштоке громко хлопал наш флаг. Пока мы будем живы — он будет там.

Мне было хорошо. Я так устал, так сильно страдал от жажды и едва стоял на ногах от недосыпа, что просто ничего не чувствовал, кроме сухого языка во рту и тяжёлых век, которые моргали всё медленнее и подымались не выше середины глаз. Всё это притупило остроту мысли о том, как сильно и нестерпимо я Её люблю. Завтра, а точнее уже сегодня, всё кончится. Я чувствовал себя отлично!

Я прошёл, проверил и поправил костры. Потом спрыгнул в неглубокую траншею и добрёл по ней до пулемёта. Пулемёт был обложен мешками с песком. Я погладил пулемёт и пару раз легонько похлопал его ладонью. Потом вынул из кармана плоскую стальную фляжку, встряхнул её. Там было немного виски. Я пошелестел во рту языком, пошевелил губами и даже потрогал потрескавшиеся губы пальцами. Но пить не стал.

Я посмотрел вверх. Звёзд было много-много. Потом посмотрел туда, куда был направлен пулемёт. Там, в темноте, далеко, виднелись костры вражеского лагеря. Туда два дня назад ушёл Макс и пока не вернулся. Я обещал ему, что мы допьём виски вместе. Макс такие обещания не забывает. Я сунул фляжку обратно. Я же остался здесь ждать его. Я не мог уйти, иначе как я буду жить? Что это будет за жизнь, если я уйду?!

Я сел на дно траншеи, прямо у пулемёта. Я не спал последние несколько суток. Бороться со сном было уже невозможно. «Посплю, — подумал я. — Можно поспать чуть-чуть». Сон сначала расслабил мою нижнюю челюсть, потом шейные позвонки, глаза стали закрываться, а нижняя губа отвисла. Но мысль в голове продолжала звучать. Такая ясная и радостная мысль: «Хорошо, что нет никаких сил и переживаний! И ещё хорошо, что Ей нельзя позвонить. Невозможно! А то бы сейчас думал, как Ей позвонить, о чём Ей сказать, нужно звонить или нет?!!! Хорошо мне! Хорошо!»

Шея и челюсть окончательно расслабились, и голова упала на грудь…

Моя голова упала на грудь, и я проснулся. Парикмахерша хихикнула.

— У меня ножницы очень острые. Осторожнее, пожалуйста.

— Скажите, а многие засыпают, когда вы их стрижёте?

— Да все почти, — глядя мне в глаза через зеркало, сказала она. — Да вы спите, только не дёргайтесь. Ещё минуть десять можно поспать.

Какое там! Я совершенно обалдел от увиденного. Там было так хорошо! Там было прекрасно! Господи! Что это со мной?! Мне нужно туда.

Если бы я знал технологию возвращения!!! Возвращения туда, где остатки моего батальона... ну, в общем, туда... Я бы вернулся... только бы меня и видели.

— Интересно, а где вы только что были? Вы так улыбались хорошо, — очень приятным голосом сказала парикмахерша.

— Улыбался?

— Да-а-а! И губами шевелили! Очень мило. Далеко, наверное, слетали только что?

— Очень далеко. Очень!

— Как же холодно-то! Я так устала от зимы. Я бы хотела сейчас куда-нибудь в тёплые края. — Она не улыбалась, просто говорила и продолжала стричь.

— А как вы поняли, что я был в тёплых краях?

— Я ничего не поняла! Просто хочу лета поскорее или в тёплые края. А вы, значит, только что погрелись? — Она продолжала стричь.

— Точно! Погрелся. — Я покивал головой.

— Не надо головой трясти. Ножницы очень острые…

В этот момент я увидел в зеркале человека… Мне было видно, как у меня за спиной какой-то человек с улицы подошёл к большому окну парикмахерской и стал всматриваться внутрь. Окно было замёрзшим, поэтому он приблизил лицо вплотную к стеклу. Я не смог толком рассмотреть его. Пальто, на голове ничего. Он коротко оглядел парикмахерскую и отошёл, вышел из поля моего зрения.

Моя мастер закончила стричь меня. Она вымыла мне голову, потом высушила волосы феном. Горячий ветер трепал волосы и обжигал кожу на голове. «Как в пустыне», — подумал я. Хорошо, что я постригся. Хорошо!

Вот только мелкие отстриженные волосы напа́дали за воротник. Одно неверное движение при разматывании этой чёртовой мантии… и за воротником оказались колючие волоски. Нужно заехать сменить рубашку и вымыть шею. Но до вечера это вряд ли получится. Я обречён оставшийся день терпеть мучительный зуд и раздражение на шее. Но зато я побывал Там! Ради такого можно потерпеть.

Уходя, я пожал руку женщине, которая почти час заботилась обо мне и дышала совсем-совсем рядом. Почти час! Я был ей искренне благодарен. Очень!

Я вышел из парикмахерской и постоял несколько секунд у двери. Боковым зрением я увидел человека в длинном тёмном пальто, который поспешно сел в автомобиль. Я тут же посмотрел прямо туда, но он уже скрылся за тонированным стеклом машины. Мне показалось, что это был тот же самый мужчина, что заглядывал в окно. Моментально вспомнился свет фар в затылок... Что за ерунда? С какой стати? Кто я такой, чтобы за мной следить? Чепуха!

Машина, в которую сел тот человек, поехала прочь, а вскоре повернула и скрылась. Это был тёмный и скучный большой «мерседес». Обычный «мерседес», каких в Москве много. Номер я запомнил.

«Да ну, — подумал я, — ерунда!» У меня однажды были неприятности. Меня обвинили в воровстве денег. Заказчики, совсем молодые ребята откуда-то с Урала, рванули где-то денег и решили сделать бильярдный клуб. Я был совсем неопытен. Они дали мне большую сумму и попросили сделать всё «по-человечески». Ещё они сказали, чтобы я их сильно не беспокоил, а когда деньги кончатся — они дадут ещё.

Деньги кончились довольно быстро. Видимо, у них тоже. Они обвинили меня в воровстве. Были какие-то тягучие и дурацкие разговоры, они угрожали, стращали. Я очень переживал. Тогда я только начинал работать в Москве и был щепетилен в вопросах денег, проводил сутки напролёт на стройке… А тут вон как.

Они пугали меня, а я верил. Конечно, я старался не показывать страха, но было неприятно. Они даже изобразили слежку за мной. Короче, получил полезный опыт. Но в последнее время у меня не было подобных ситуаций… так что… «Ерунда», — подумал я.

6

В пятнадцать минут третьего я не выдержал и набрал Её номер. Просто набрал номер, и всё. Никакого повода я так и не придумал. В висках шумно запульсировала кровь… Но голос оператора сообщил о том, что вызываемый абонент временно недоступен. Какой ужасный голос! Как должно быть много проблем у той женщины, которая позволила записать свой голос для этих чёртовых телефонных сообщений.

Эти голоса огорчают всегда! Они спокойны и, как бы, снисходительны, как голоса психиатров. Человек, может быть, погибая, из последних сил, в отчаянии набирает номер, а там, в телефонной трубке, спокойный женский голос — мол, позвоните позже. Какие жуткие проклятия слетают с уст или проносятся в головах тысяч и тысяч людей, которые слышат этот голос. И так происходит постоянно, каждую секунду. И днём, и ночью в адрес этой бедной женщины летят жуткие ругательства, а если не в её адрес, то в связи с тем, что услышали её голос. Как, должно быть, ей непросто живётся.

А, скорее всего, получилось всё очень просто. Ей, видимо, предложили записать несколько фраз. Она их наговорила в микрофон, получила немного денег… И вот такие последствия! Наверняка у её мужа или мужчины тоже есть телефон. Сначала они вместе посмеялись над тем, что кому бы он не звонил, получается, что звонит как будто ей. Но постепенно… всё пошло наперекосяк. Её голос стал у него прочно ассоциироваться с чем-то неприятным… И вот они уже ругаются, а он просто не может больше слышать её голос! В итоге, она остаётся одна. И с кем бы не пришлось ей встречаться, все говорят: «Простите, мне ваш голос кажется очень знакомым…» В общем, беда…

Я ехал, думал о чём-то, не об этой бедной женщине, а о чём-то, чего я не помню… Что-то тревожное и неприятное варилось у меня в голове. Всё вместе: и этот мужчина, который заглядывал в окно парикмахерской, и фары, которые светили мне в затылок, и то, что Она выключила телефон, и ещё миллион всего. Я ехал нормально... поворачивал в нужном месте, показывал повороты, маневрировал, притормаживал, но я не могу вспомнить, как я выехал на Садовое кольцо. И еще... зачем я поехал туда? Я был, как бы... Ну, то есть, бывает, читаешь, читаешь книжку, а потом, вдруг, раз — и понимаешь, что все буквы, слова и знаки препинания я прочитал, но не понял и не запомнил того, что читал, и надо возвращаться назад и перечитывать всё снова. А лучше в такой момент вообще отложить книгу, потому что бесполезно читать.

Я ехал в таком вот состоянии, и вдруг меня вернули... Вернули в мою машину... на Садовое кольцо. Кто-то, какая-то женщина, обгонявшая меня на маленьком жёлтом автомобиле, громко сигналила мне и выразительно жестикулировала, мне же. Я тут же почувствовал, что что-то не так с машиной... Заднее левое колесо спустило, и какое-то время я ехал на спущенном колесе. Оно было изжёвано в хлам. Так захотелось очень громко выругаться, а ещё пнуть и ударить машину... И я тут же всё это сделал... Сразу после этого захотелось всё бросить и выпить, но это нужно было делать уже постепенно.

Запаски у меня не было... просто не было! Я каждый божий день думал, что надо заехать к специалистам, привести запаску в порядок... Я думал об этом каждый раз, как садился в машину... вот уже месяц...

Я выругался еще раз — не помогло совершенно. Колесо было уже не спасти. Я сел в машину и дополз до ближайшей парковки. Метров сто пятьдесят, не больше. И как я мог ехать так до этого и ничего не чувствовать?! Нужно было что-то делать с машиной. Не бросать же её так! И я её тут же бросил. Взял с заднего сидения шарф и перчатки, пожалел, что не надел утром кепку, захлопнул машину и бросил её. Как-нибудь завтра разберусь. «Не могу сейчас этим заниматься! Не могу-у-у!!!»

Я собрал ладонью немного снега... На крыше стоящей рядом машины было много слежавшегося снега... Потом я наклонился и стал протирать этим снегом шею. Шея горела от волосков, которые напáдали за воротник. От снега было очень приятно! «Нужно сменить рубашку! Принять душ и сменить рубашку», — эта мысль была ясной и очень конструктивной. «Надо бы поехать домой. Домой!»

Но дом находился ровно в другой стороне, и неблизко. А ещё, я не хотел видеть то место, которое я подразумеваю, когда говорю: «Я пошёл домой». Я не хотел видеть его при дневном свете... Весь этот не доведённый до конца ремонт, который я начал два года назад, а теперь не видел смысла его заканчивать, потому что мои представления о том, что я хочу у себя дома, сильно изменились за эти два года. «Я не хочу туда. Сейчас не хочу!» Я захотел взять себя за голову и тут же сделал это. «Какая маленькая у меня голова, какой это маленький сосуд! И сколько же в ней говна, а?!» Я так и стоял минуту, а потом мне позвонил Макс! «Спасибо! Спасибо, Макс!!!»

— Здорово! Ну как ты? — радостно спросил он.

— Х…во! — очень быстро ответил я.

— Чего так?

— Всё, Макс! Я без машины! Колесо проколол. Труба!

— Отлично!!! Значит, можно выпить немедленно!!!

— Это да! Но маленько погодя… Я на стройку заеду, а ты пока подумай, куда пойдём. Но, Макс, я сильно соответствовать тебе не смогу. У меня должна быть вечером ещё встреча.

— Женщина?

— Макс! Давай я не буду сейчас тебе ничего объяснять, а? Я тут на улице стою, кругом опаздываю, в общем…

— Саня, а ты на метро — и кругом успеешь! Кстати, если ты встречаешься с женщиной, то я не обижусь, а если не с женщиной, то забудь, как меня зовут!

— Макс! Ты бороду сбрил?

— Саня, — Макс перешел на шёпот, — с этим лажа! Тетя от бороды в восторге. Увидела — так обрадовалась. Я при ней сбрить её никак не могу. Попозже сбрею, не переживай! Разберёмся.

— С бородой на глаза ко мне не показывайся! Даже не вздумай! Через час созвон. Бай!

Зачем я сказал этот «бай», что со мной? То «О.К.», то «бай» какой-то…

Надо было выбраться отсюда! Надо ехать на эту чёртову стройку. Я поднял руку, машина остановилась. Я заглянул внутрь. В машине было накурено, грязно и жарко. Ещё там за рулём сидел парень в кепке. «Плевать», — подумал я.

— На проспект Вернадского. И я тороплюсь!

Он молча кивнул. Я сел на сиденье, покрытое чехлом, имитирующим шкуру зебры. Белые полоски были серыми, как на тельняшке очень грязного матроса. В машине я увидел пару маленьких икон. Как только мы поехали, парень включил музыку. Ужасную музыку.

— Покажешь, как ехать! — перекрикивая музыку, спросил он.

— Останови, — сразу сказал я.

— Ну ты чё? Я же по-человечески спрашиваю, — очень спокойно сказал парень.

— Останови, говорю!

— Ну-у-у! — он остановился.

Я сразу вышел из машины и сильно хлопнул дверцей.

— По голове себе постучи, — открыв форточку, крикнул он мне.

— Машину вымой и сам помойся! Понял? И карту города…

— Да пошёл ты!… — сказал он, не дослушав. Голос у него был сильный и спокойный. Он сорвался с места и уехал. Я ещё чего-то тявкнул ему вслед… И остался, как оплёванный. Как оплёванный чистоплюй. Хуже стало многократно!

Я пошёл к метро. Снег освежил ненадолго. Шея снова дала о себе знать.

«Надо хотя бы снять рубашку и очистить воротник от волос. Нельзя в начале дня ходить в парикмахерскую. Или надо ходить в салон, где научились уже не сыпать волосы за шиворот. Хватит экономить на таких вещах!!! — Было ясно, что нужно что-то сделать. — Рубашку новую купить, что ли?»

Но купить рубашку — это же целое дело. Только кажется, что это легко! На самом деле хороших рубашек так же мало, как… всего хорошего. Это же вещь, которая будет очень близко к телу!…

Оказывается, я давненько не был в метро. Да-а! В метро… Там не прекрасно и не ужасно. Там как в метро… Там как всегда.

Пока спускался по эскалатору, попытался собрать мысли в порядок. Надо было это сделать. А то что-то совсем стало худо. Тревога и раздражение… просто достигли своего предела. Мальчишка, лет пятнадцати, сильно толкнул меня плечом, пробегая мимо по эскалатору, а я схватил его, выругал и обидно отпихнул прочь. Зачем?! Ну, совсем уже нервы были никуда…

И тогда я пустился в размышления. Такие размышления, которые всегда помогали мне в моменты непонятной тревоги. Нужно было найти источник раздражения и просто его локализовать и осознать как таковой. И даже если нет возможности его устранить и исправить, всё равно становилось легче.

Значит, так: «Отчего же меня трясёт? А?! В целом всё более-менее нормально. У меня сейчас два объекта. На одном всё О.К.… Почему опять О.К.? Я что, герой-ковбой что ли?... Надо избавляться от этих океев. Значит, на одном — всё в порядке, а на другом — лажа. С этим понятно! Обеспокоили мужик у окна, машина у подъезда и общее ощущение слежки. Но это просто ерунда. Какая слежка? За кем? Кто я такой, чтобы за мной следили? Хорошо! Теперь Макс. Макс?! А что Макс? Макс как Макс. Всё нормально. Машина? Ну а что с машиной? Завтра с утра позвоню, и мне скажут, что делать. Машина как раз таки чепуха! А что не чепуха? То, что дома бардак, и давно? Да! Это неприятно. Я это не люблю». Я люблю, чтобы всё было прибрано, чисто и поглажено. Люблю, чтобы машина была вымыта и в ней не накапливался разный хлам, чтобы в багажнике лежали только необходимые вещи, а не было всяких коробок, пакетов, журналов, которые собирался три месяца назад кому-то отдать. Я люблю, когда мои книги и музыка в порядке, рабочий стол не завален, а в ящиках стола почти пусто. Я люблю выбрасывать разный хлам — открытки, которые дарили мне, или же те, что я собирался подарить сам и не подарил, визитные карточки тех, кого я не мог вспомнить, буклеты, газеты, путеводители по разным городам, где я побывал, и прочее, и прочее. Когда я выбрасываю хлам, мне становится легче жить. Когда я помою машину, она начинает лучше ездить, когда привожу в порядок обувь — улучшается здоровье. Но сейчас всё было в состоянии полного беспорядка. Даже в недоделанном ремонте может быть какая-то структура, но сейчас... везде висели рубашки, которые надо было стирать и гладить. Валялись книги, какие-то бумаги... в общем, всё! А ещё пыль... Машина тоже заросла. А в ванной комнате... Короче — ужас!

Я периодически находил тех, кто наводил порядок у меня дома. Это были домработницы или те женщины, что на какое-то время поселялись у меня. Но идеальный порядок мог навести только я сам. Я это делал... очень редко. Если не брил голову наголо, то наводил порядок дома. Сейчас очень хотелось навести порядок! Только сил не было совершенно.

«Хорошо, — подумал я дальше, — с беспорядком сейчас не справиться, это очень неприятно. Но понятно! Нечего так нервничать из-за этого. В любом случае, дело поправимое. Беспокоит ли меня выходка Паскаля? Пожалуй, нет! Паскаль, скорее, мне помог. Я, по совести, не хотел этого заказа! С Паскалем всё в порядке, к тому же он хочет извиниться. Нормально с этим! А отчего же так хреново-то мне?! Рубашка и эти волосы? Да! Это серьёзно. С этим нужно срочно что-то делать. И она выключила телефон! Вот основной источник тревоги!!! Плохо мне! Плохо! Мне нужно услышать Её голос! Скорее! Немедленно!»

Я протолкнулся в вагон метро. Народу было много. «Это ещё и от зимней одежды, — мелькнуло в голове. — Летом будет легче. Летом всегда легче. Но к лету должно что-то измениться, иначе я до лета не доживу». Я прикрыл глаза и даже едва слышно простонал. Потом мои глаза открылись, и я увидел на уровне своих глаз головы людей.

Мы стояли, плотно прижавшись друг к другу. Головы покачивались, поезд быстро бежал по тоннелю. Я видел эти головы. Через окна в конце вагона был виден другой вагон. Там, казалось, люди качаются сильнее. А им, наверное, казалось наоборот. «Вот среди голов мотается моя голова, — подумал я. — А в этой голове творится такое!

Если бы можно было улавливать приборами энергию каких-то переживаний, то мою голову можно было бы отследить из космоса. Её было бы видно даже сквозь землю, на такой глубине, где проложено метро. Мне, наверное, сейчас больнее всех. Не может быть много таких больных голов одновременно в одном месте. Не должно быть! Иначе провода погорят. Господи! Если бы мне удалось Её поцеловать, наверное, где-нибудь в Уругвае или Новой Зеландии взорвалась бы какая-нибудь электростанция. Мне нужно сесть. Немедленно сесть!»

Езды до нужной мне станции было минут двадцать пять без пересадки. Я очень хотел сесть, и когда место рядом освободилось, я решительно двинулся к нему и сел. Я видел, как к этому же месту устремилась пожилая полная женщина в пальто и мохеровом берете, под которым была причёска. В руке она держала большую сумку. Этой сумкой она раздвигала людей. Увидев мой маневр, тётка... (позвольте мне её так назвать) укоризненно покачала головой.

«Наплевать! — твёрдо решил я. — Не нравится мне эта тётка, не хочу уступать!» Я закрыл глаза, чтобы не видеть... никого чтобы не видеть.

— Как же не стыдно!! Чуть не убил тут всех, так кинулся, — сказала тётка. — И делает вид, что не видит никого. Ни стыда ни совести!

«Да пошла ты, зараза, — очень уверенно и спокойно подумал я. — Обязан я, что ли, тебе уступать место. С детства уступаю. Детство закончилось! К тому же тётка противная. Злобная тётка! Мне нужнее сейчас! Бесполезно! Буду сидеть, и всё!»

Я заставлял себя не думать об этом и не заводиться. Справа от меня стояли три парня. Я услышал их голоса и то, о чём они говорили. Говорили они громко, с сильным московским выговором.

— Не буду я брать машину, какой мне интерес? — говорил один. Видимо, он старался не материться в людном месте, поэтому говорил как-то не бегло. — Толян не хочет мне машину давать просто так. Значит, мне её мыть, а потом вас возить. Вы бухать будете, а я…

— Да ты прикинь, машина нужна по-любому! Завтра утром заедем, купим всё… — говорил другой. — Сколько мы пива на себе унесём? На выходные не хватит! А там, в деревне, где ты будешь за пивом бегать по морозу? Сразу всё возьмём, и всё. Потом заедем за девками и поедем. Туда приехали — и бухай нормально! Весь день. А в воскресенье мы тоже пить не будем…

— Не хочу я у Толяна машину просить. Он ноет, бля…

Как я позавидовал этим парням! Они планируют свои выходные дни. Я позавидовал им не в смысле «побухать» пару дней где-то в деревне. А в смысле, что у них есть выходные дни. У них выходные! Работали неделю, дождались выходных, выпили — не выпили, рыбалка — не рыбалка… неважно. У них выходные! А у меня выходные в последний раз были наверное… в Родном городе. Давно!

А теперь, кто мне даст выходной?! Кто мне даст выходной день от того, что творится у меня голове? Кто мне даст выходной от Неё? Да никто! Даже если бы давали, как его взять?! Я сам взять не смогу.

Надо дозвониться срочно! Если удастся договориться о встрече сегодня — это одно. Если сегодня Она не может, точно скажет, что сегодня не может, тогда сразу после стройки отправлюсь на воссоединение с Максом… и надо выпить!

Как же хорошо выпивать с Максом. Особенно раньше! Тогда, когда я расстался с женой, мы частенько выпивали. Очень здорово! Сначала я не мог соответствовать Максовым затеям, а потом… даже превзошёл его по многим показателям. Сначала мешало странное чувство, что НАДО ДОМОЙ. То есть, в какой-то момент срабатывал внутренний тормоз, исчезало ощущение свободы и радости. Нужно было говорить самому себе: «Нету у тебя дома, где тебя ждут, где нужно кому-то что-то говорить, где кто-то что-то будет говорить тебе. Нет дома, куда надо обязательно вернуться, по возможности, до полуночи. Нет тех, кто ждёт и волнуется или сердится. НЕТУ! Можно веселиться!» Но веселье как-то само собой ослабевало. И подступала тоска или что-то вроде тоски. Так длилось долго. Потом это прошло! Но если быть точным, выходные были у меня, пока я был женат. Тогда были выходные!

Мне так нравилось как-нибудь в пятницу вечером, не планируя ничего, неожиданно напиться с Максом. Всегда всё развивалось одинаково. Мы начинали выпивать пиво, потом ели, потом я собирался ехать домой, но… как-то не удавалось мне это сделать. Потом мы перемещались куда-то. В начале двенадцатого я обязательно звонил домой.

— Милая, я уже еду. Мы с Максимом тут засиделись. У Сергея сегодня день рождения, но… — я старался говорить как можно быстрее, пока не перебили. И мне казалось, говорил я совершенно трезвым голосом.

В ответ я всегда слышал либо: «Не трудись!», или «Всё понятно!», или просто тишину, а потом гудки. В любом случае, вторую реплику мне сказать не удавалось никогда. Тогда я обижался и выпивал уже без тормозов. Приходил домой часика в три, прокрадывался, сшибая стулья, на диван. Утром мне было худо. Со мной не разговаривали. Я болел, звонил Максу. Ему было ещё хуже. Мы немного болтали по телефону, договаривались встретиться поскорее в маленьком прокуренном ресторане, где было всё какое-то коричневое, и по вечерам там пел и играл музыкант, известный городу под прозвищем «Бемоль». Этот ресторан находился в аккурат на полпути от моего дома до дома Макса. В Родном городе всё близко. Когда я приходил, Макс уже сидел с пивом.

Особенно хороши были выходные летом, когда возле ресторана можно было сидеть под зонтиками. А летом, в два часа, в субботу, в Родном городе не так много людей.

И вот я шёл на встречу с Максом, по не то чтобы знакомой, а по выученной наизусть улице. Солнце мешало смотреть, а трещинки на асфальте мешали идти. В голове мозг ощущался как определённый орган. То, как я в этот момент выглядел, было неважно.

И вот мы молча сидим друг напротив друга.

— Как тяжело, оказывается, идти по жизни с высоко и гордо поднятой головой, — сказал ссутулившийся Макс. Он отпил совсем немного пива, пока ждал меня. В моей кружке пива на полтора сантиметра больше. Он заказал нам пива и ждал. Макс всегда печально остроумен с похмелья.

— Макс, ну я же просил тебя — не бери мне пива! Оно уже выдохлось и согрелось! — брюзжу я.

— Помолчи, а! Что ты за человек такой! — Он брал свою кружку, я тоже...

Как вкусно! Потом я выпивал ещё маленькое пиво, а Макс большое. Тут приносили горячую солянку и сто грамм ледяной водки. Мы разливали водку и выпивали по пятьдесят... И сразу суп... И через несколько минут жизнь начинает возвращаться. Солнце, большие листья на деревьях, тень от зонтика, летние звуки, дети на велосипедах... И мысль, которая радостно подбрасывает сердце высоко-высоко: «Впереди ещё целый вечер, а завтра воскресенье! Счастье! И лето только началось! Господи! Как хорошо! Выходной!»

Я ехал, не открывая глаз. Я устал. Я очень устал. Голова склонилась, и подбородок улёгся на грудь... Непонятно, сколько я спал. Минут десять-двенадцать, не больше. Проснулся я от того, что навалился на соседа. Хорошо, что проснулся! Во-первых, я не пропустил свою станцию, а во-вторых, я успел втянуть обратно в рот слюну, которая начала сползать с нижней губы. Я быстрым движением вытер рот и осмотрелся безумными глазами. Безумными, потому что я увидел за эти десять-двенадцать минут... точнее, даже не увидел. А побывал... В общем...

Я стоял, широко расставив ноги. Глаза слипались. И спать хотелось так, что я пару минут всерьёз обдумывал вопрос, можно ли в глаза вставить спички, и как это делается. Как-то же это делается, если есть такая поговорка. На мостике остались только вахтенный матрос и я. Матрос только что заступил на вахту, но тоже едва держится на ногах. Вглядываться в темноту не было никакого смысла. Не видно было ни черта, но мы упорно делали это. Шторм утих. Нас трепало полтора суток, а теперь стало полегче. Я почти не спал всё это время. Весь день пришлось провозиться в машинном отделении. Механик и два машиниста почти не поднимались наверх. Старая машина просто отказывалась работать. Я периодически спускался к ним. Хотя, чем я мог им помочь?! Во время шторма мы кое-как давали ход, чтобы держать курс и не перевернуться. Теперь, когда шторм утих, механик с гордостью сообщил, что мы можем дать двенадцать узлов. А что такое двенадцать узлов, когда последние шесть часов… я считал каждый час!

Уже шесть часов Макс не подавал никаких сигналов. Его SOS первыми услышали норвежцы, двинулись на помощь, но сообщили о толстом льде в районе поиска, и поостереглись двигаться дальше. В общей сложности на помощь Максу двинулось четырнадцать судов. Датчане собрались поднять два самолёта, и даже стали их готовить, но погода настолько испортилась, что про самолёты можно было забыть. Шторм налетел и бушевал больше суток.

Спасателей разметало кого куда. Большинство поспешили вернуться.

Но SOS продолжал пробиваться. Мы то теряли этот сигнал, то находили. Но я был совершенно уверен, что Макс пока жив и держится. Что случилось с его кораблём, никто не знал. Он неожиданно передал сигнал бедствия, причём оттуда, откуда никто не ожидал его услышать. Как его туда занесло? Но что уж теперь? Мы одни ползли ему на помощь, со скоростью всего двенадцать узлов, хотя впору было самим подавать SOS. А шесть часов назад он замолчал.

Я сказал рулевому держать прежний курс и решил спуститься к себе в каюту. Когда проходил мимо камбуза, заглянул туда. На камбузе сидя спал кок. Я, не без сожаления, разбудил его и попросил кофе.

— Сахару шесть кусков. На мостик тоже отнеси, — сказал я. — И поесть ему дай. Пусть ест, тогда не уснёт.

Я взял большую эмалированную кружку с горячей коричневой жижей. Знаю я этот кофе! Одно название. Надо было выпить чего-то горячего и сладкого. Я сделал большой глоток… и чуть не заорал… Так сильно я обжёг нёбо и … дальше пищевод. Глаза наполнились слезами, я почувствовал, как кожа с нёба просто отслоилась. Сон был отброшен, но ненадолго и недалеко. Я сунул палец в рот, собрал с нёба обожжённую кожу, и просто вытер руку об зюйдвестку. Чувствительность притупилась.

Датчане, норвежцы, шведы в один голос предупреждали о толстом льде. Но мы устали так, что было уже просто не страшно. К тому же, толстый лёд или тонкий, какая разница?! Моей старой посудине было всё равно. В смысле, потонем в любом случае.

Я набросил капюшон зюйдвестки и выглянул на полубак. Льда на палубе было много, красиво обледенели леера. Ветер дул холодный, но не сильный. «Темно! — это был единственный вывод, который мог сделать мой засыпающий мозг. — Где-то там, в темноте, Макс».

В этот момент меня позвали на мостик. Снова поймали SOS! Оказывается, мы всё время шли правильно.

— Ну и чутьё у вас, — сказал матрос.

Радист, рулевой и я могли только улыбаться, и всё. Я сообщил в машинное отделение хорошую новость и попросил добавить хода. Механик что-то буркнул и отключился, казалось, что он где-то за много тысяч миль, а не совсем рядом. Тут я понял, что мне можно прилечь хотя бы на полчаса. Я спустился в каюту и сел на койку. Пару секунд я думал про бутылку бренди, закрытую в корабельном сейфе. Но решил, что просто нет сил, да и тем, кто сейчас ждёт нас там, в темноте, бренди будет нужнее... «Макс обрадуется», — подумал я, и, не ложась на койку, просто прислонился спиной к переборке и моментально уснул…

Меня разбудило ощущение, что я валюсь, падаю куда-то вбок. И ещё я почувствовал, как слюна стала вытекать у меня изо рта. Я сел прямо и открыл глаза…

В вагоне было уже не так много людей. Тётка, которой я не уступил место, сидела прямо напротив меня. На носу у неё были очки, и она читала книжку в мягком переплёте. В тот момент, когда я посмотрел на неё, она послюнила палец и перелистнула страницу. «Трогательно, — подумал я. — Наверное, она много ездит в метро. А я уже нет. Хорошо!» Ещё я подумал о грязной машине со спущенным колесом и бардаком в багажнике. И вдруг вспомнилось видение, из которого только что вернулся. Там опять было хорошо. Там было так легко и чудесно! Таких ясных, связных и последовательных видений у меня не было никогда. «На сон это не очень похоже», — понял я. Надо было над этим подумать. Потому что там, внутри… ну… внутри того, что я видел, всё было ясно, просто и кристально строго… Но при этом легко! Как мне, тому, который сидел в вагоне московского метро, нравился тот «Я», который в холодном море… или в пустыне… «Там спасение! — понял я. — Спасение!»

7

Я вышел на улицу из метро, сразу набрал Её номер. Тут же нажал на отбой. Во рту было гадко. Я ни черта не ел сегодня и, к тому же, уснул в метро. Даже по телефону нельзя было разговаривать с Ней, когда во рту такая мерзость.

В киоске я купил жевательную резинку. Жуя, стал набирать номер, и снова прервал вызов. Как можно разговаривать с Ней жуя?

Я посмотрел на часы… Полчетвёртого! На метро действительно быстрее! Хотя кажется, что дольше.

Нужно было поесть чего-нибудь. Просто перехватить немного еды, затолкать в себя еду! Голова даже кружилась от пустоты в желудке. Но есть не хотелось совершенно! Тошно было думать о том, что придётся жевать и глотать… всё равно что.

Я купил бутылку кефира и быстро влил её в себя. «Полезно, — подумал я и сам себе усмехнулся. — Чего полезно? Полезно, главное!!!» Два года назад я купил себе велотренажёр. Он стоял сейчас посреди беспорядка в моей спальне и своим видом сообщал беспорядку некоторую молодёжность, здоровье и надежду на то, что целеустремленность и благоразумие наконец-то придут и воцарятся в этой комнате. Сколько я видел таких вот тренажёров, стоящих в гаражах, кладовках, чердаках и дачах… и всё же купил его. Эта покупка была полезна только тем, что, после того как велотренажёр оказался у меня дома, я перестал периодически думать о том, что надо начать бегать по утрам, ходить на каток или поднимать тяжести. Он стоял рядом с моей кроватью и как бы говорил: «Всё бесполезно!».

Только три дня после покупки я крутил педали, очень себя уважал и чаще обычного подходил к зеркалу. Зато Макс, когда приходил ко мне, сразу усаживался на него, даже не сняв пальто или куртку, и начина-а-л......

— Саня! Это что за цифры? Это я столько километров проехал, что ли? — спрашивал он, тыча пальцем в дисплей тренажёра.

— Нет. Это калории, которые ты сжёг. А вот — метры, — терпеливо объяснял я.

— Сань, а ты-то понимаешь, что это всё х...ня, а? Американцы здорово всех с этими калориями обманули. Молодцы! Надо мне будет такой же купить, — болтал Макс, сильнее крутя педали и глядя на бегущие цифры. — А помогает?

— От чего, Макс?

— Ну, вообще...

— Вообще? Помогает!

Я шёл от метро к своему «объекту», поминутно поскальзываясь. Не люблю Москву, когда в ней много несвежего снега, скользкой наледи, и машины все грязные. Чувствуется, как город устал, как Москва стала как бы ниже ростом оттого, что вросла в кучи снега и придавлена тёмным небом. Ещё не было четырёх, а уже вечерело, и во многих окнах горел свет. А в каких-то окнах свет не гасили с утра... «Мы устали, устали вместе», — прозвучало в моей голове.

Идти было недалеко. Перед тем как войти внутрь, я остановился перед витриной с надписью «Ремонт». Было тихо. Значит, действительно, дела идут на «объекте» плохо. Как радостно подходить к стройке и издалека слышать стук, гул, громкие голоса. «Сейчас придётся сильно ругаться», — понял я. Но прежде, чем шагнуть внутрь, я набрал Её номер.

Мне было страшно снова услышать голос... Не Её голос, а голос, говорящий о том, что мне нужно перезвонить позже. Мне было страшно... просто страшно. Я испытывал этот страх всегда, когда набирал Её номер. Но вот прошли секунды, необходимые для непостижимого факта соединения двух телефонных номеров... И пошли длинные гудки. Один... второй... тре... Она взяла трубку!

8

Я не могу воспроизводить Её слова. Хотя, мне кажется, я помню каждое Её слово, всё, что она говорила мне при встрече или по телефону. Помню интонации… Но воспроизводить, повторять Её слова, не буду. Просто не могу и всё!

Она взяла трубку и обрадовалась мне. Сказала сразу, что у неё была важная встреча, и ей пришлось выключить телефон. Она предположила, что я звонил, и объяснила всё. Какая она прекрасная!

Я, конечно, спросил, как у неё прошла эта встреча, она сказала, что хорошо прошла… На Её вопрос о том, как мои дела, я быстро-быстро стал рассказывать всё… Про то, что приехал Макс, мой друг, и я хотел бы их познакомить, рассказал про машину и колесо, про проблемы на «одном объекте».

— Да, и ещё мой приятель Паскаль, помнишь, я говорил тебе… Ну, француз, такой авантюрист-романтик. Ну, помнишь, я рассказывал про такого наивного, очень активного французика, — она, конечно, сразу вспомнила, — так вот, он оказался не так уж наивен. — Я засмеялся. — Расскажу при встрече, что он сделал. Очень забавно…

Потом я предложил встретиться попозже вечером, и лучше бы сегодня вечером, хотя бы ненадолго, после её работы. Я сказал, что подъеду куда угодно.

Она сказала, что пока не может сказать, удастся ли ей со мной встретиться сегодня. Она сама хотела встретиться, но какие-то сложности были связаны с её дочкой.

В общем, Она сказала, что перезвонит мне сама. А я сказал, что позвоню сам через час. Она засмеялась. Хорошо засмеялась. Ура! Мне сразу стало не то чтобы лучше. А стало хорошо! Мне просто очень хорошо стало.

«Можно идти ругаться», — понял я и шагнул внутрь объекта.

Когда на стройке дела идут хорошо, тогда на ней очень шумно, но при этом мало мусора. Здесь всё было прямо наоборот. Стояла тишина, и всё было завалено мусором. Отовсюду свисали провода… В общем, было очень плохо. В большом помещении торгового зала будущего магазина не было никого, и было холодно. Какие-то звуки доносились из коридора. Я пошёл туда. Там пахло сигаретным дымом и едой. Из дальней комнаты доносились смех и голоса… Запахи шли тоже оттуда.

Там сидело и стояло шесть молодых строителей в пыльных зелёных комбинезонах, бригадир Боря, толстый бровастый мужик в синей спецодежде, и мой помощник Гриша, хороший, шустрый парень, который очень хотел быть похожим на меня, и старался мне во всём подражать. Когда я это понял, я стал чаще его прощать и поменьше ругать его. Хотя всё равно Грише доставалось от меня.

Как только я вошёл туда, все замолчали. За руку я поздоровался только с Гришей, остальным кивнул, и пробежал по их лицам взглядом. Сразу почувствовалось напряжение. Конечно! Всем было всё понятно. Все были готовы к ругани.

В комнате было плохо. Плохо пахло, на столе стояли немытые чашки и замызганный чайник, на стене висел календарь с тремя женскими задницами в бикини. Во всём было видно разложение и саботаж.

— Гриша, выйдите на минутку! — сказал я Грише. — Извините, мы удалимся ненадолго, — обратился я к остальным. Вежливого обращения на вы строители боятся больше всего. Такое обращение возбуждает у них чувство вины. Не всегда, но часто. Я этим пользовался.

Мы отошли с Гришей в другую комнату.

— Ну, что здесь у нас? Докладывайте, — с ним я был на вы всегда.

— Проблемы! У Паши, я его перевёл сейчас на другой объект, пять дней назад родился сын. Он мне об этом сообщил. Я дал ему два дня отдыха. Ну а он в тот же день накупил всего, и прямо здесь… Но, правда, по окончании рабочего дня. А тут заехал хозяин, да ещё с каким-то своим приятелем. Один раз такое случилось… и как назло! Ничего особенного не было. Ребята были выпившие, обрадовались, когда хозяин появился, даже налили ему, мол, «дело святое». Короче, он на них наорал, потом на меня. Говорил, что не заплатит, что нужно сменить бригаду… Угрожал, в общем. Паша обиделся.

— Ну, платить он будет или не будет — это, скорее, вопрос ко мне, — сказал я очень сурово. — Гриша, проблема-то в чём?

— Ну-у… В этом и проблема…

— В чём в этом?

— Ребята, — Гриша неопределённо указал рукой в сторону комнаты, где были рабочие, — хотят получить денег…

— Каких денег? Аванс они получили! Дальше нужен результат, и будут деньги.

— Они говорят, что надо дать денег хотя бы Паше, чтобы он мог отметить рождение сына.

— Они что, не наотмечались, что ли?!

Я говорил, а сам понимал, что зря я это объясняю Грише. Что он может сделать? Крепкие мужики, работяги, особенно, когда они вместе, могут так усовестить, так надавить на чувство справедливости… Гриша пожал плечами.

— Так! У нас что здесь, забастовка, что ли?

— Нет, не то чтобы… В общем, хозяин тоже вёл себя неправильно. — Гриша совсем расстроился и не мог смотреть мне в глаза. — Он ничего не захотел слушать, сказал, что будет разговаривать только с вами.

Конечно, я запустил дела! Это очевидно. Хозяин этого магазина был довольно нервный мелочный мужичок. Всё перепроверял по десять раз. Но это нормально. Хуже всего было то, что он был уверен, что очень сильно переплачивает мне. Он постоянно приводил на «стройку» каких-то своих друзей-знатоков, которые говорили ему то, что он хотел услышать — мол, его сильно обманывают. Но такое поведение — обычное дело. Просто противно слушать нытьё. Хотя деньги есть деньги.

С этим объектом как-то сразу не заладилось, и я малодушно отстранился от него. Паша, у которого родился сын, хороший парень и давно уже со мной работал. Боря — тоже нормальный такой бригадир. Остальных рабочих я знал не всех. Бригада как бригада. Но чего-то накопилось, и пошло вкривь и вкось. Гриша не справлялся, заказчик, то есть «хозяин», нервничал и звонил мне… А я?.. Я влюбился ужасно! Вот и всё!

Ситуацию необходимо было переломить. Ребята и так-то работали медленно и плохо в последнее время, а тут совсем остановились и явно готовились мне чего-то предъявить. Я отлично знаю эту коллективную демагогию, мужицкие обиды и поиски справедливости. Не люблю я это. Надо было идти к ним, а хотелось немедленно поехать к Ней…

Я снова вошёл в комнату, где меня ждали семь недовольных, и сплочённых этим недовольством, мужиков.

— Ну-у-у?! Так, значит?! — ничего более бессмысленного и беспомощного я сказать не мог. Но надо же было с чего-то начинать. — Вот что, коллеги, вы перед кем тут решили демонстрации устраивать? Так не пойдёт! Два дня не работали? Значит, выходных в этот раз не будет. Логика простая. А про пьянку на рабочем месте — это уже отдельный разговор, такие номера…

— Пока нам не заплатят за то, что мы уже сделали, и пока перед нами не извинятся, — мы дальше работать не будем, — сказал большой белобрысый парень. Он один сидел, остальные стояли. Я раньше с ним не работал. Сказал он это так… в общем, он давно подготовился к тому, чтобы это сказать.

— Сильное заявление! — ответил я. — Что ещё?

— Пашу надо вернуть и премию ему надо небольшую дать! — сказал маленький и сухонький парень. Его комбинезон был самым чистым. Я давно его знал. Хороший специалист, и парень нормальный. — У человека сын родился первый. Надо как-то по-людски…

— По-людски? И премию? Да? — перебил я его резко. — Конечно премию! За пьянку на рабочем месте, за хамство и разгильдяйство — конечно премию! Обязательно!

— Он хорошо работал до этого случая, и нельзя сказать, что он нахамил, — вступил в разговор Гриша.

Он стоял чуть сзади меня. На самом деле, ему сейчас было хуже всех. Он был как бы между мной и бригадой.

Гриша чувствовал себя кругом виноватым, но встрял он в разговор совершенно некстати.

— Пьянка на рабочем месте — это мерзость! И я этого не терплю. Вы, Григорий, это отлично знаете. С вами у меня будет отдельный разговор, — сказал я, даже не обернувшись к нему. — Если не можете организовать нормальный рабочий процесс, значит не вмешивайтесь!

— Мы выпили после работы. У человека сын родился! После работы мы что, не можем выпить?! — сказал всё тот же белобрысый.

«Проблема в нём», — понял я.

— Выпить? Да пожалуйста! Мне всё равно! Но на «объекте», в рабочей одежде — это свинство! Хоть бы у него тройня родилась — этого делать нельзя. — Я смотрел этому блондину прямо в глаза, он глаз не отводил и нагло улыбался. — Вы будете наказаны и за пьянку и за саботаж.

— Это наше рабочее место, — не сводя с меня своих прозрачных глаз, сказал белобрысый. — Мы здесь работаем и можем отметить… ну, поздравить друга. — Он сделал ударение на слово «наше» и слово «мы».

— Это рабочее место дал вам я. И я могу разрешить делать здесь что-то или не разрешить, понятно?! — я сделал ударение на слово «я». — А пьянку здесь я запрещаю!

Я уже решил, что уволю этого белёсого, и намеренно обострял разговор. Нужна была победа.

— Скажите спасибо, что мы этого… вашего… ну, этого «хозяина» тут не покалечили, — продолжал мой собеседник. Остальные молчали. Значит, они были с ним согласны. — За такие слова, которые он тут сказал, вообще-то надо отвечать…

— Мне вам спасибо говорить не за что! Лично вам! — я показал на него пальцем. — И мне насрать, что и кто вам тут сказал. Если вы находитесь здесь и в рабочей одежде, значит вы должны тут работать, а не прохлаждаться целых два дня. Понятно? — «Уволю обязательно», — продолжал говорить и думать я. — Вы напились, и никаких оправданий тут быть не может, и нечего тут даже…

— Короче, чего ты заладил «напились, напились», ничего другого сказать не можешь что ли, а? — белобрысый сорвался. «Отлично! — подумал я. — Всё, он уже проиграл».

— Слово «короче» вы будете говорить у себя дома. Можете сказать его своим родителям, потому что они вас плохо воспитали. — Он прямо-таки обалдел от этих слов. Я намеренно затронул «святую» для таких вот пафосных горлопанов тему родителей. — И «тыкать» вы будете тоже у себя дома.

Он резко поднялся, почти вскочил. Его лицо пошло пятнами. На правой щеке загорелся румянец неправильной формы. «Похоже на карту Африки», — успел подумать я.

— Вы что, хотите меня ударить? — очень спокойно сказал я. — Учтите, вам в этом никто не поможет. С вами тут не очень-то согласны. Мы с коллегами, — я сделал такой округлый жест, указующий на всех остальных, — давно работаем вместе, и до драки не опускались. Правда, Борис? — Я вёл себя просто иезуитски. Я разрушал единство коллективного негодования. Манипулировал? Да! А что делать?

— Ну-у-у… — промычал в ответ Боря и забегал глазами.

— Если говорить действительно «короче», вы, молодой человек, уволены…

— Не называй меня «молодой человек», понял-да, — совершенно беспомощно, но воинственно сказал блондин.

— А я вас больше вообще никак называть не буду. Мы с вами больше не увидимся. — Я повернулся к Грише, на него было больно смотреть. — Григорий, произведите расчёт с… мужчиной. Заплатите ему и за два последних дня. Не будем мелочиться, правда? Примите у него спецодежду и инструмент. Впрочем, вы сами всё знаете, что нужно делать. Извините, Григорий, я не сомневаюсь в вашем профессионализме, но…

— Бараны, блядь! — сказал, обращаясь ко всем кроме меня, блондин. И начал быстро снимать с себя комбинезон.

— Григорий, давайте выйдем. Не будем мешать переодеванию, — сказал я одеревеневшему Грише. — Борис, подождите, пожалуйста… И все пусть тоже подождут, — обратился я к бригадиру, который охотно кивнул. — Мы сейчас с Григорием вернёмся.

Как только мы вышли из комнаты, оттуда раздался голос свежеуволенного, и пошла перепалка.

— Григорий, ответьте мне на два вопроса. Вы пили с ними? И откуда взялся этот деятель?

— Я только один раз чокнулся со всеми за Пашиного сына, — казалось, Гриша может упасть в обморок. — Извините меня, пожалуйста. А этот парень… он мой родственник из Твери. Он недавно после армии. Я его совсем не знал. Родственники попросили… Он неплохой…

— Он очень плохой! — перебил я Гришу. — Может быть, он потом будет хорошим, но я не педагог, и заниматься его воспитанием — не наше с вами дело. А родственников брать на работу — очень неблагодарное занятие. Но хуже всего, что вы выпили с ними, были с ними тогда и, конечно, вынуждены были их сейчас защищать. Мне придётся вас наказать вместе с ними.

— Конечно! Я не отказываюсь! — Гриша просто обрадовался моим последним словам. — Я ничуть не отрицаю…

В этот момент мимо нас, широко шагая, прошёл белобрысый. Он был в чёрной куртке и вязаной шапочке. Перед тем как выйти на улицу, он оглянулся и, обращаясь к Грише, сказал: «Спасибо!». Потом он резко вышел и сильно хлопнул дверью.

— Значит так, мужики, — сказал я бригаде, когда вернулся к ним в комнату, — Пашу я обязательно верну обратно сюда, даже не сомневайтесь. Какие тут у нас всё-таки проблемы? Давайте серьёзно и без истерик.

— Саша, знаете… — сказал Борис, — то, что наговорил нам этот ваш заказчик… Как-то после этого что-то ему делать, ну… не хочется. Тут все нормальные ребята, ну выпили. Мы ему всё объяснили… А он… давай орать. Он кто нам такой, чтобы на нас так орать?

— Александр, он действительно очень обидно говорил, — убеждённо сказал Гриша, — и угрожал! А меня он совершенно не хотел слушать.

— Если бы вы не выпивали со всеми, ему пришлось бы вас послушать, — ответил я. — Но увы, Григорий, ваша позиция была очень слабой. А на хамство отвечать хамством — последнее дело. — Я достал телефон. — Напомните, пожалуйста, телефон нашего клиента…

Я набрал номер и приложил к уху телефон. Все молча ждали, что же будет.

— Алё, добрый день! Евгений Львович?! Здравствуйте! Да, это Александр!

Он узнал меня и сразу стал что-то быстро говорить. Но на меня смотрели семь пар глаз.

— Простите, Евгений Львович! Я сейчас на объекте и хочу вам сказать следующее: если у вас есть претензии к качеству исполняемых работ, срокам исполнения этих работ и к моим людям — пожалуйста, высказывайте эти претензии мне. Эти люди работают со мной не первый год, и я не позволю их оскорблять и ими командовать. Запомните, для них вы никто, понятно?!

Он, видимо, немного собрался с мыслями и завизжал там… в свою трубку. Я немного отвёл руку с телефоном от уха, сморщился и подмигнул Борису. Все заулыбались и одобрительно запереступали ногами.

— Евгений Львович! Евгений Львович! Остановитесь! На меня кричать вот так бесполезно! И угрожать мне бесполезно! Вы мне и так должны уже за выполненные работы. Но если вы будете так разговаривать, я сниму людей с объекта! — Он попытался перебить меня. — Евгений Львович! Мы с вами в понедельник об этом поговорим, но если вы не измените тон, то разговор не получится. До свидания, всего хорошего. — Я отключился.

Победа была полная. «Жаль, что Она не видит меня сейчас», — подумал я.

Все заговорили разом, наступило облегчение.

— Григорий, не волнуйтесь! Этот Евгений Львович никуда не денется. Верните Пашу оттуда, куда вы его отправили, — сказал я Грише негромко, а потом обратился ко всем.

— Мужики, вы работаете не на этого дядю, — я показал им телефон, как будто заказчик, Евгений Львович, находился прямо там, в телефоне, — а со мной. Поэтому давайте-ка сейчас разберитесь с мусором. Пока будет так много мусора, никакой нормальной работы не получится. Да вы сами знаете.

— Да, Саша, хорошо. Прямо сейчас и займёмся. А Пашку хорошо бы завтра сюда. У нас кроме него электрику делать никто не будет, — сказал Боря. Он был доволен, что напряжение рассосалось.

— Ну, мужики, выходные вы уже, считай, отгуляли. Так что нынче без выходных. Разрешаю, правда, короткий день. И жопы эти уберите, пожалуйста, — показал я на календарь на стене. — Григорий, подберите коллегам хороший календарь.

— Так это Гриша и повесил, — сказал маленький и самый аккуратный строитель. Все заржали.

Я вынул из кармана бумажник, достал несколько купюр.

— И ещё, никакой специальной премии Паше за сына я платить не буду, — сказал я, — пусть ему жена и тёща за это премии выписывают, но скинуться ему на подарок, полагаю, «дело святое», как вы говорите.

Я положил деньги на стол и почувствовал такое всеобщее одобрение, что даже мурашки пробежали по спине. Удалось поставить отличную точку. «Победа совершенно чистая», — сам себе объявил я.

— Григорий, проводите меня, пожалуйста, — позвал я Гришу. — Ну всё, пока, мужики, — я простился со всеми за руку и пошёл к выходу. — Никогда не пейте с рабочими. Никогда! Это вам урок, Григорий! До завтра. Пока.

Я крепко пожал Грише руку и вышел на улицу. Там уже было почти темно. Я поспешно достал телефон, чтобы позвонить Ей. Но сначала взглянул на часы. Нет, звонить было рано. Прошло пятьдесят три минуты, а я сказал, что позвоню через час. Тогда я набрал Макса.

9

Как только Макс ответил, я тут же сказал: «Извини, Макс, я тебе чуть позже перезвоню. Минут через пять. Хорошо?» — и отключился.

Метрах в двадцати слева от выхода… Ну, от входа, откуда я вышел… стоял тот самый Мерседес. Это было чёрт знает что и ё-моё. «Как это возможно? Я же ехал на метро. Кто я такой, чтобы за мной следить?! Что происходит?!» — в один миг подумал я. Нельзя сказать, что я испугался, совсем нет. Но стало неприятно… и очень. Возникло сильное желание подойти к машине и прямо спросить: «В чём, собственно, дело?». Наверное, так и следовало сделать. Но я поступил по-другому. Я повернул вправо и направился к проспекту. Сзади зажглись фары, и машина тронулась с места. Я прошёл метров двадцать пять, остановился, развернулся и откровенно уставился на ползущий за мной Мерседес. За лобовым стеклом я различил очертания только одного человека. Мешал свет фар, а боковые стёкла автомобиля были тонированы. Мерседес резко набрал скорость, проехал мимо меня, потом остановился на светофоре, показал правый поворот и, как только зажёгся нужный сигнал, рванул на проспект… и умчался.

Это было уже серьёзно. Об этом нужно было подумать и разобраться. Почему-то возникла сильная тревога за Неё. Нестерпимо захотелось позвонить Ей, убедиться, что с Ней всё в порядке, и предостеречь Её. Вот только от чего предостеречь?! Я набрал Её номер… Она ответила сразу.

Она засмеялась вместо обычного «Алло». Потом сказала, что по мне можно сверять часы.

Боже мой, как мне повезло влюбиться именно в Неё. Как с Ней хорошо и спокойно. Я успокоился моментально.

Она смеялась, была в отличном настроении, сказала, что вышла из офиса, и значит можно немного поговорить свободно. Я был этим и обрадован и одновременно обескуражен. Мне нечего было ей сказать. Я чего-то помямлил и снова спросил про встречу. Она подумала секунды три и сказала, что нет другой возможности встретиться, кроме как сразу после её работы. Ей сегодня не с кем было оставить дочь. Работала она до восьми, и у нас было полчаса для того, чтобы выпить кофе в маленьком кафе рядом с её офисом. Я был рад! Отлично!!! Прекрасно…

— Прекрасно! — сказал я. — Я буду без пяти восемь там. До скорого. Целую! Пока!

Она тоже «поцеловала»!!! Тревога по поводу тёмного Мерседеса уменьшилась и отдалилась так, как будто я рассматривал эту тревогу в бинокль, а потом перевернул бинокль другой стороной. Хоп! И всё такое маленькое и игрушечное.

Макс позвонил сам.

— Ну, ты куда пропал? — заворчал он. — Я тут с голоду помираю просто.

— Макс, тебе нужно, чтобы я тебя с ложечки покормил, что ли?

— Мы же договорились встретиться и поесть! Так? Я сижу, как дурак, и жду, когда ты позвонишь.

— Макс, не шантажируй меня. Уже давно поел бы один и всё. Мы договорились встретиться. А встретиться и поесть — это не одно и то же.

— Саня! А тогда на кой чёрт ты нужен вообще? Как с тобой без еды встречаться? Если будешь есть, то хотя бы вещать не станешь. Рот будет занят. Тебя, наверное, в Москве никто не слушает, вот ты…

— Короче, Макс! Ты решил, где мы будем встречаться, а?

— Сань, а кто из нас москвич? Ты же лучше меня всё знаешь. Я тебе предложу куда-нибудь сходить, а ты начнёшь кривляться, морщиться. Поехали в самое модное место!

— Самого модного места в Москве нет! Ты что, не можешь чего-нибудь перекусить без меня? Как маленький, в самом деле.

— Я в ресторан хочу! Ждёшь-ждёшь, когда в Москву поедешь. Хочется же в хороший ресторан сходить. Москва, Сань!!! Обидно время тратить на всякую фигню, — канючил он.

— Макс! Времени у меня не очень много, чтобы капитально засиживаться в ресторане. Что у нас сейчас? — я знал, сколько времени, но зачем-то снова взглянул на часы... (Однажды я экспериментировал. Как только видел, что человек... какой-нибудь человек, смотрел на часы, я тут же подходил и спрашивал у него: «Сколько времени?» Все, без исключения, опять смотрели на часы, прежде чем ответить.) — Так! У нас пять. А в восемь у меня встреча... Недолгая встреча. После этой встречи я снова твой. А сейчас? Давай сходим в грузинский ресторан. На Остоженке. Как тебе?

— Отлично! Я выезжаю, — было слышно, что он просто подскочил с места. — Буду там через полчаса.

— Хрена ты будешь там через полчаса! Там такие пробки!

— А я на метро, Саня! Понял? На метро! — Макс отключился.

Когда надо действительно было прийти вовремя — он опаздывал всегда. Но в ресторан он обязательно приходил даже раньше времени и успевал либо с кем-нибудь познакомиться, либо всё заказать, либо и то и другое вместе.

Макс перезвонил через шесть секунд.

— Как точно называется ресторан? — спросил он.

— «Генацвале», он за... — я не успел закончить, Макс отключился.

Я вдохнул в себя тёмный, зимний, холодный воздух. Вдохнул полной грудью, а выдохнул белый пар. Мне было хорошо. Москва! Ё-моё!

Я подошёл к краю проспекта. Там скопилась неизбежная снежная каша. Но в этот раз я не так внимательно смотрел под ноги… как обычно. Я люблю хорошую обувь и отношусь к ней бережно. Однако в этот раз я внимательно осмотрелся вокруг. Что я хотел увидеть? Непонятно! Просто, беспокойство и некоторая настороженность уже обострили зрение и слух. Еще бы! У меня практически не было сомнений, что за мной следят или меня преследуют.

Мимо ехали машины. Много! Я поднял руку. Остановилось такси.

— Добрый вечер. На Остоженку? — спросил я и оглядел машину и водителя. «Нормально», — подумал я.

— Извольте, — сказал сидевший за рулём крупный мужчина с длинными волосами, бритым лицом и в круглых очках. На нём был светлый свитер. Он улыбался.

— А вы знаете, как ехать?

— Представляете?! Знаю! — ответил он. — Приходилось туда ездить. Раз этак… — он сделал вид, что прикидывает и считает что-то в уме, — миллион.

Я сел на заднее сидение и мы поехали. Водитель включил музыку. Не громко, а так… комфортно. У него в машине стояла хорошая акустическая система, это было слышно по качеству звука. Он включил какой-то джаз. Я в нём ничего не понимаю… в джазе. Для меня он — одна бесконечная и извилистая композиция. Но сейчас было приятно. Я прищурил глаза, от этого городские огни и огни автомобилей вокруг расслоились и пошли длинными лучами. И вот — такси, ползущие огни, джаз, длинноволосый водитель в круглых очках, запах автомобиля, за мной следят… Америка!!!

— Вам музыка не мешает? Может быть, сделать тише? — спросил водитель. — Только радио я не включу. Я радио не слушаю.

— Всё очень хорошо! Мне нравится. Спасибо, — ответил я.

— Если курите — курите, но радио ни за что! — голос у него был низкий и очень приятный.

— Спасибо, я не курю. А что ж радио так не любите?

Я думал, что последует ответ на тему, что нет сил слушать ту ужасную музыку, которая звучит, или что новости все негативные, зачем их слушать, когда жизнь и без того гадкая. Но я услышал совершенно другой ответ.

— Я радио не не люблю, я его не слушаю. Волнуюсь сильно! Есть ощущение, что чего-то пропускаю. Радиостанций так много! Их количество меня и беспокоит. Хотя понятно, что на всех каналах приблизительно одно и то же. Новости приблизительно одни и те же, музыка… Но беспокоит как-то… — он говорил медленно, спокойно. Было видно, что он давно возит людей по Москве. Его спросили — он отвечает. Не будут спрашивать — будет молчать. — Кстати, меня Москва раньше тоже сильно тревожила. Пока хорошо Москву не изучил — беспокоился, спать не мог, боялся чего-то упустить. А теперь знаю её... не отлично, но на твёрдую четвёрку. Теперь успокоился. Не дергаюсь.

— Вы джаз любите? — теперь мне уже интересно было задать ему любой вопрос.

— Не люблю, но слушаю. Не могу совсем без музыки. А теперь такое количество разной музыки, что тоже волнуюсь. А джаз — он и есть джаз. К тому же, у нас как-то принято считать, что джаз — музыка серьёзная, непростая. Слушают его умные и непростые люди... Вот и ко мне так же относятся, мол, человек слушает джаз — значит серьёзный человек. Без разрешения не закурят и не нагадят.

— А когда один едете, тоже джаз включаете? Или есть что-то любимое, только для себя? — мне действительно было любопытно.

— Я этот джаз не выключаю. Он что есть, что его нет. Хорошая музыка! Вы не подумайте, это я так, прибедняюсь. Я в джазе разбираюсь, и давно... и звук себе поставил в машину не стыдный. Но любимой музыки у меня в машине нет. Зачем мне нужен этот надрыв? Правильно?! Если не просто так трепаться о музыке, а серьёзно... Любимая музыка, ну… та, которую любишь!.. Понимаете, о чём я говорю? Любимая музыка без надрыва не бывает. — Он на секунду оглянулся ко мне. — Так что у меня тут джаз. То есть музыка для тех, кто отлюбил!

— Простите, а вы москвич? — почему-то спросил я.

— Да-а. Я москвич, — коротко ответил он.

— А сколько вам лет?

— Немного, но точно больше, чем тебе, — он снова коротко оглянулся ко мне и улыбнулся.

Это был классный таксист. Как он технично и уместно перешёл на «ты»! Я люблю их. Настоящих таксистов, тех, которые давным-давно ездят на своих машинах, по своим городам. Настоящих немного! Но я имею в виду только настоящих. Это те, которые понимают и любят тех, кого везут! В смысле, нас любят! Не сильно, конечно! Они столько людей перевезли туда-сюда! Они столько про людей знают! Таксисты — они не романтики, и не этакие городские ангелы. Совершенно уверен, что прямо вот этот таксист, с которым мне так приятно было ехать и беседовать, если бы я говорил с каким-нибудь иностранным акцентом, или был бы подвыпившим сибиряком-балагуром, обязательно тут же заломил бы такую цену… Он наверняка знает, где можно взять проституток, и сколько они стоят. У него, если быть аккуратным, можно узнать, откуда в этом городе берутся наркотики. Он всё это знает. Он перевёз по этим улицам такое количество неприятных ему людей, которые его не уважали, оскорбляли, вели себя безобразно, что я бы, наверное, давно потерял веру в человека и человечество. Он видел такое множество аварий, разбитых машин, истерзанных и остывающих тел, что кто-нибудь другой уже давно бы стал либо прожжённым циником, либо истеричным идиотом. Он видел свой город в любую погоду, в любое время года и при всяком освещении. Он провёл такое количество времени на этих улицах и проспектах, стоя в пробках, ожидая проезда каких-нибудь спецмашин с сопровождением, уворачиваясь от наглецов и мерзавцев, а порой просто от дураков и дур… которых так много выезжает каждый день на эти улицы и проспекты… Мне бы и сотой доли всего этого хватило, чтобы проклясть всё ЭТО раз и навсегда.

А он ездит, он продолжает…

Помню, как я почувствовал, что начал ориентироваться в Москве.

Много лет я не любил Москву. Она меня пугала и обижала, когда я приезжал сюда по каким-то делам или был тут проездом. Я не понимал, в какой стороне здесь восходит солнце, не ощущал расстояний. В Москве всё было далеко. Я нырял в метро или напряжённо и недоверчиво позволял таксистам перемещать меня по Москве. Самое страшное здесь было потерять бумажку с номером телефона каких-нибудь родственников или знакомых, у которых можно было переночевать или которые могли чем-то помочь. Как легко и приятно было ругать и не любить Москву. Одежда, в которой я сюда приезжал, всегда не совпадала с московской погодой. Либо в ней было слишком жарко, либо наоборот. А потом я приехал сюда жить.

Помню, как в первый раз выехал на своей машине на московские улицы. Один. И был страшно удивлён. Ничего страшного! Вообще! Как это было удивительно — я еду по Москве! Никто не тычет в меня пальцем, всё в порядке. Ничего особенного. Меня так поразило это чувство, что я проехал по Садовому кольцу два раза, а потом катался полночи. То, что давило на меня и угнетало, вдруг исчезло… Я потихонечку стал слышать и чувствовать полутона и чистые звуки. Я как будто снял скафандр и с изумлением обнаружил, что здесь тоже можно дышать. И что здесь есть люди. Много людей…

В такси было тепло, и я почувствовал, что потею. Тогда я расстегнулся и распустил шарф. Очень горела шея. Я не мог удержаться, чтобы не чесать её. Водитель увидел это и немного приоткрыл окно.

— Спасибо, — сказал я, — очень кстати.

Прохлада и шум улицы были приятны… Но шея…

— Вас что-то беспокоит? — спросил таксист. Он снова перешел на вы.

— Та-а-ак, ерунда! Сходил в парикмахерскую в обед, волосы за шиворот насыпались. Сил нет терпеть! Но ничего не сделаешь, надо терпеть до вечера.

— Да-а-а, это неприятно, я знаю! — вполне равнодушно сказал он. — Хотите, у меня есть лосьон после бритья. Знаете, такая жизнь, так что мыльный набор у меня всегда с собой.

— Не откажусь! Спасибо! — я согласился не из вежливости, мне действительно надоел этот зуд. Таксист достал из бардачка пакет, там была бритва, баллончик с пеной для бритья, зубная паста, щетка и лосьон... Я протёр шею прохладной и в то же время обжигающей влагой... Как много в жизни приятных ощущений!

«Хороший мужик», — думал я. Нужно было решить, сколько заплатить ему... в смысле, сколько дать на чай. Это самое сложное. Как оценить деньгами его участие и помощь. Он же помогал мне не с целью набить себе цену. Просто помог. Может быть, я ему симпатичен. Как выразить в денежном эквиваленте свою благодарность? Важно не ошибиться с этим. Много давать не следует — он может обидеться, мол, ему дают деньги за искреннюю помощь. И обычные чаевые дать тоже нельзя, нужно показать, что я оценил его стиль и этот стиль мне по душе.

— Кстати, возьмите вот, может, пригодится, — сказал он и протянул мне что-то...

— А что это? — удивился я.

В руках у меня оказалась тонкая и совсем гладкая ткань.

— Одна барышня оставила тут, давненько уже. Бери, можно на шею повязать, будет типа шейный платок. Как у поэтов, — говорил он своим спокойным, приятным и каким-то очень взрослым голосом. — А потом выбросишь, если не нужен.

— Да что вы! Я не могу, — я протянул то, что он мне дал, обратно.

— Бери-бери, я всё равно выброшу. Он шёлковый, им пыль не протрёшь. Он у меня давно здесь болтается. — Таксист включил свет. — Посмотри! Красивый, правда?

У меня в руках был небольшой шёлковый платок. Синий, в белый мелкий горошек. Я понюхал его; запах духов был ещё отчётливо слышен. Я почему-то подумал о Ней. Не в смысле, что это Её платок, а просто сразу подумал о Ней. Сердце застучало не быстрее, а сильнее.

— Неудобно как-то! А вдруг найдётся хозяйка? — вяло сказал я. Мне понравился платок, я хотел его взять, но нужно было соблюсти приличия.

— Давно его вожу. Бери. Знаешь, сколько у меня всего оставляют! Пол-Москвы можно нарядить.

— Лучше вы тогда его какой-нибудь женщине подарите, — не унимался я. — Платок красивый и не дешёвый.

— Какой женщине?! — сказал он и оглянулся. — Что ты! Я же тебе сказал уже, я слушаю музыку «для тех, кто отлюбил». Понятно?!

Без восемнадцати минут шесть мы подъехали к ресторану. Я вышел из машины этого славного человека. Мне так и не удалось найти решения, сколько дать ему на чай… Я дал чуть больше обычного. Простился с ним как-то неловко, остался собой недоволен.

Он поехал вдоль по улице, я посмотрел ему вслед. Посмотрел скорее ритуально. Так я выразил благодарность. Мне повезло с этим человеком. Больше получаса жизни я прожил интенсивно и интересно. Через секунду после того, как он скрылся из вида, я понял, что забыл свои перчатки у него в машине.

10

Город вокруг меня приобрёл какие-то иные очертания. В нём появилась опасность. Мой взгляд теперь был не рассеянным, направленным немного вперёд и вниз. Мой взгляд теперь пронзал улицу далеко. Я сначала оглядывал панораму перед собой, а потом анализировал детали. Мой взгляд стремился вперёд и пытался заглянуть за углы. Таким образом я осмотрелся вокруг. Знакомого Мерседеса нигде не было. Тогда я зашёл в ресторан.

Я не сомневался, что Макс уже здесь. Первым делом я отдал верхнюю одежду, получил номерок. Номер 53. Мне это ничего не сказало. Число было какое-то невыразительное, и магии цифр в нём не было. Потом я зашёл в туалет.

Я снял пиджак, повесил его на дверь кабинки, подошёл к умывальнику и взглянул в зеркало. Я себе понравился. За последний месяц я не то чтобы похудел, а осунулся. Измождённое лицо, блестящие усталые глаза, белая рубашка — очень хорошо! Чтобы вымыть руки, я поддёрнул рукава и обнаружил, что манжеты уже просто чёрные. Конечно! Давно не мытая машина, поездка в метро, посещение стройки… Москва…

Я расстегнул рубашку до пупа и стал влажной рукой чистить ворот. Мелких-мелких волосков было много, я мочил руку под краном и собирал волоски. Потом застегнулся почти до верха и повязал на шею подарок таксиста. Скользкий шёлк лёг на шею, как спасение от мук. Я не стал делать пышный узел. Получилось красиво. Мой вид стал сразу не сегодняшним и нездешним. Я улыбнулся.

Но, к сожалению, рубашка была уже несвежей. Я наклонил голову и понюхал у себя подмышками. Образ в зеркале сразу перестал быть безупречным. Я развёл руками, глядя в глаза своему отражению. Потом закатал рукава на два оборота, чтобы скрыть грязные манжеты, надел пиджак и постарался уловить запах духов от платка. Я различил его, в последний раз взглянул в зеркало… И, всё-таки, остался доволен.

Макс сидел в дальнем углу зала у окна, лицом ко входу. Он увидел меня, как только я вошёл в зал. Он увидел меня и сразу засмеялся от радости.

Он был причёсан, свеж, но на лице у него оставалась всё та же дурацкая борода. Когда я приблизился к столу шагов на восемь, он, продолжая смеяться, сделал вид, что прячется от меня под стол.

— Дяденька, не бейте меня, — громко говорил он, прикрывая голову руками, и хохотал.

— Макс, ну что ты, как клоун, а? Я же просил тебя, — в общем-то, я знал заранее, что он не сбреет бороду. Нет более упрямого человека, чем Макс. По крайней мере, я с таким не знаком. — Вылезай, не паясничай.

— Саня! Вот это да! Ты всегда был самым модным, — это Макс отреагировал на мой шейный платок. — Что, сегодня дадим Хемингуэев? А я, между прочим, твою критику воспринял всерьёз. — Он взял с соседнего стула бордовый кожаный портфель. Портфель был новый и выглядел дорого. Он расстегнул его и вынул оттуда упаковку одноразовых бритв — «козьих ножек». — Вот, — сказал он, — в любой момент могу бороду устранить.

— Какой у тебя портфель! — не удержался я.

— Шикарный, правда? — Макс взял портфель за ручку, поднял и покрутил его на весу, показывая с разных сторон. — Пока ждал твоего звонка, сбегал в магазин и купил. Хотел себе кепку купить, а купил портфель и фонарик. — Он достал из портфеля маленький фонарик, который можно было как держать в руке, так и прикрепить куда-нибудь и использовать в качестве светильника. Макс сразу стал им светить в разные стороны и мне в глаза. — Вещь?! — спросил он.

— Ве-е-ещь! — искренне сказал я. — Дай посмотреть.

Фонарик был очень классный. Маленький, тяжёленький и приятный. Фонарик! Я сразу подумал, что надо Ей подарить такой же. Он, фонарик, Её обязательно порадует.

Я Ей пока ещё ничего не подарил. Я никак не мог сообразить, что можно Ей подарить, не в смысле: подойдёт — не подойдёт или понравится — не понравится, а в смысле... Какие у нас отношения? И что уже можно Ей подарить, кроме цветов...

С цветами тоже было не всё просто. Я в них ни черта не понимаю. Я долго советовался, потом понял, что самое верное — это дарить розы. Но этих роз... уйма! В первый раз я выбрал для Неё почти белые, совсем маленькие розы. У этих роз был слегка зеленоватый оттенок. Ей они понравились. Она любовалась ими и попросила официанта поставить их в воду, пока мы пили кофе... в кафе у Чистых прудов. Потом были нежно-розовые... три крупных розы. Но их прихватило морозом, пока я их нёс, или мне их продали несвежими. В общем, они погибали прямо у нас на глазах. Она огорчилась, но всё равно забрала их и сказала, что срежет бутоны, нальёт в чашку воды, и бутоны там будут плавать... В третий раз я купил ей цветок в горшке. Это были какие-то большие листья, которые торчали из земли, как застывший взрыв. На листьях были белые прожилки, и название растения было очень латинским и непростым. Я купил его из-за прожилок и названия.

Мы встречались с Ней всего четыре раза. В четвёртый раз она попросила не приносить ничего. В смысле, не приносить цветов. Мы встретились тогда (это было в прошлую субботу) в кафетерии большого универмага. Это она выбрала такое странное место. Была очень грустна, периодически отходила от нашего столика, чтобы поговорить по телефону. Она отходила, я видел, как она с кем-то разговаривает, нервно жестикулируя. Я ничего у Неё не спрашивал. Мне было так плохо тогда. Я хотел не отпускать Её туда, в её жизнь, где, конечно, было и есть много всего-всего......

Я не спрашивал Её ни о чем, но она, вдруг, взяла меня за руку. Планета на три минуты остановила вращение. Она сказала, что у неё очень сложная ситуация с мужчиной, с которым она жила последние два года. Она спокойно и прямо сказала, что она его никогда не любила, но он появился в её жизни в тот момент, когда ей необходима была забота… Она позволила ему позаботиться о ней… Ещё Она сказала, что за эти два года было много хорошего, и он хороший человек, но ему хотелось определённости, в смысле… семья… и так далее… Она этого с ним никогда не хотела, хотя логичнее и практичнее было бы согласиться. И она даже заколебалась…

И тут она сказала такое, что планета, после остановки, сделала пару очень быстрых оборотов, а где-то в Индийском океане исчезли в волнах несколько малых островов.

Она сказала, что почти согласилась на его предложение, а точнее, на его непрерывный натиск. Просто у неё уже не было никаких аргументов и сил, чтобы отказывать ему. Аргументов, прежде всего для себя самой. И вдруг появился я!

Она так и сказала. Потом сразу встала, попросила не идти за ней, накинула на себя свою шубку… и быстро ушла. Я, конечно, Её не послушался, но нужно было заплатить за кофе. Я оставил на столе раз в пять больше, чем нужно, бросился искать Её. Но не нашёл. На звонки Она не отвечала. Я набрал Её номер раз сто за вечер… А ночью чуть не умер.

Я пришёл домой. Долго стоял у стены, долго сидел на стуле и качался. Не разуваясь бродил из угла в угол по комнате, потом несколько часов лежал на полу и стонал. Той ночью я испытывал ужасное кислородное голодание, и у меня не было кожи. Ничего страшнее я в жизни не переживал.

Я когда-то учился в школе, служил в армии, мучился, когда вернулся из армии, было много всего в жизни... Очень страдал от сомнений и одиночества, когда приехал в Москву. Ужасно переживал из-за невозможности быть с сыном, от нежности к которому готов рыдать... Но всё это ничто по сравнению с тем, что я почувствовал тогда ночью. Я понял, что у меня нет никакого жизненного опыта. Всё, что я знаю и умею — никуда не годится и помочь мне не может.

Этой ночью я понял, что любовь не может быть ни счастливой, ни несчастливой. Она невыносима в любом случае. Я лежал на полу и понимал, что не понимаю, ЧЕГО Я ХОЧУ??! Чего-о-о?!! Я уснул под утро. Свернулся калачиком, прямо на полу возле кровати, и уснул. Во сне я стянул с постели подушку и одеяло. Проснулся я в полдень. Но не думайте, легче мне не стало. Я проснулся, как будто меня включили ровно в том месте, где выключили. Я уже говорил, что я как бы жил один бесконечный день. День не заканчивался...

Я проснулся и без особой надежды набрал её номер. Она ответила. Ответила… и говорила, будто той встречи накануне в универмаге… просто не было. Я тут же обрадовался и ожил.

Самое невыносимое в таком состоянии — это переходы от надежды к отчаянью, от уверенности к сомнениям и обратно. Эти скачки — самая кровавая синусоида, какую только можно себе представить.

Короче, фонарик был самым подходящим подарком Ей сегодня. Он был идеален по многим показателям. Фонарик — вещь полезная и любимая с детства, причём мальчиками и девочками. Фонарик — радость и романтика. Фонарик ни к чему не обязывает и может порадовать и Её и её дочку.

— Макс, продай фонарик! — сказал я.

— Ты что? Такая вещь! Отдай! — Макс потянулся за фонариком через стол, а я отдёрнул руку.

— Я тебе такой же куплю. Завтра! Ладно? — я не отдавал фонарик. — Мне сейчас надо, понимаешь. Сейчас! А где я такую вещь найду?!

— Не, Саня! Не дам. Мне самому надо. Вот мне надо было — я купил. — Макс улыбался очень довольный. — А зачем тебе сегодня мой фонарик?

— Надо, Макс, и всё.

— Хочешь женщине подарить?

— Отстань, а! Я же говорю… завтра куплю тебе точно такой же.

— Да где ты такую вещь купишь? — Было видно, что Макс уступит фонарик. Просто он пока выкаблучивался. — Саня, и всё-таки, ты женщине хочешь подарить мой фонарик?

— Ты угадал! Сволочь! — я почувствовал, что слегка краснею.

— Наверное, хорошая женщина! Какой-нибудь дуре фонарики не дарят. Фонарик — это!.. Забирай! — Макс махнул рукой.

— Сколько я тебе должен?

— Не понял! Чего сколько?! — изобразил непонимание Макс.

— Фонарик покупал почём??! — передразнивая манеру Макса, спросил я.

— По жопе бичом! Понял?! — он изобразил негодование. — Почём! Кто тебя так говорить-то научил?

Фонарик! Гениальный подарок. Как я сам не додумался до этого? Я был рад, очень рад!

— Расскажи мне про неё, — вдруг попросил Макс.

— Она хорошая, Макс. Очень хорошая!

— И всё? Я хочу знать побольше про женщину, которой мой друг подарит мой фонарик.

Макс угадал. Я очень хотел рассказать про Неё. Точнее было бы сказать, не рассказать, а поговорить... Я всё время хотел говорить о Ней. Рассказывать, что есть такая удивительная женщина. Очень земная, настоящая, взрослая, красивая, умная, тонкая и так далее, и так далее. Мне казалось, что нет более важной темы для разговора, кроме как о Ней и про Неё. Мне нужно было с кем-нибудь поговорить о Ней...

— Не, Макс! Ничего я тебе больше не скажу. Потом как-нибудь. Не сейчас, — сказал я более чем серьёзно. — Спасибо за фонарик.

Потом мы заказали еду. Мне очень хотелось выпить, но пока было нельзя. До встречи с ней — нельзя. Я почему-то был уверен, что на этой встрече я обязательно скажу ей... что я люблю Её.

Мы заказали довольно много еды. Макс не мог остановиться, и всё тыкал пальцем в меню. Без меня пить он отказался. Мы взяли минеральной воды. И я ещё попросил принести мне кофе сразу. Сегодня мне удалось выпить кофе только утром в аэропорту. Гадкий кофе.

Ни запахи, ни вид едящих людей, ни названия блюд в меню не вернули мне желания поесть. Хотя я так люблю грузинскую еду. Особенно то в ней, что касается холодных закусок. Все эти тонкие сочетания орехов, сыра, фасоли, мяты... зелени. Грузинская кухня — это настоящая кухня, без дураков! Разнообразная, очень разветвлённая, с множеством возможностей. В общем, это вкусно!!!

Но сейчас я есть не хотел.

— Макс, а зачем ты вообще-то приехал? — поинтересовался я в процессе. В смысле, в процессе поедания Максом еды.

Я тоже немного отщипнул того-сего. А Макс ел нормально, с удовольствием. Мне принесли третью чашку кофе, когда Макс оторвался от еды и смог нормально говорить. Я ёрзал на месте и думал только о том, чтобы выйти из ресторана и поехать на встречу вовремя. У меня вполне ещё было время, и можно было не дёргаться, но я дёргался. Мы болтали о том о сём, точнее, говорил в основном Макс. Это была болтовня. Так… ничего особенного…

Вот разговор, который состоялся между мной и Максом в грузинском ресторане «Генацвале»:

Макс: Значит, ты не будешь мне рассказывать про эту женщину?

Я: Макс, я не то что расскажу про неё, я вас познакомлю.

Макс: А не боишься?

Я: Господи!.. Макс, брось ты…

Макс: Ладно-ладно! А ты, значит, влюбился?

Я: Перестань! Что ты, в самом деле?!

Макс: Влюбился!! Везёт тебе! Да-а, Саня! Ты молодец! А я вот недавно познакомился с одной барышней. Такая, знаешь, молодая, спокойная. И ей и мне всё понятно! Она знает, что я женат. Сань, у нас все всё друг про друга знают. Да что я тебе рассказываю?! То есть, открыто и на широкую ногу мы встречаться не могли. Город маленький. Перезванивались неделю, потом я её приглашаю вечером, в субботу, в загородный ресторан. У нас, как ехать на аэропорт, недавно открыли ресторанчик и гостиницу. Ты не знаешь, ты уже уехал. Хорошее место сделали. Так вот… Я эту барышню приглашаю за город вечером. Все яснее ясного! Так?! Забираю её в центре, везу туда. Она весёлая, хохочет… Всё нормально. Там я заказал столик у камина и номер на двоих. Приезжаем, садимся ужинать. Болтаем обо всём, настроение отличное. Она учится на юридическом. Умница! С юмором всё в порядке. Выпили шампанского, съели чего-то. Ну, то есть, вечер только начинается, а впереди ещё ночь. Думаю про себя: «С такой девкой можно говорить хоть до утра». А она, вдруг, нагибается ко мне и шёпотом говорит, что у неё сегодня… непростой день! Ну, понимаешь? Женские дела! Я посмотрел на неё минуту и говорю: «Знаешь, милая, а больше говорить-то не о чем! Всё! Поговорили». Доели, допили, я её отвёз обратно в город и поехал домой спать. Ну чего ты смеёшься?!

(Я очень смеялся.)

Я: Макс! Ну ты молодец! *(Я продолжал смеяться.)*

Макс: Ну а что? Я за секунду мысленно прокрутил все перспективы вечера. И что? Ну, поговорим ещё, ну поцелуемся, пообнимаемся... так? Да не стали бы мы даже этого делать, если финальную точку поставить нельзя. Вот помнишь, мы рассуждали, что, мол, физический контакт, все эти телодвижения и короткая возня, что это ерунда, а прелюдия важнее. Это, кстати, ты утверждал! Мол, все эти разговоры, намёки, сомнения — получится или не получится — прикосновения и взгляды — вот настоящее удовольствие... Что если можно было бы обойтись без финального спарринга, то было бы только лучше. Ну чего ты хохочешь, а? Ты же эту тему развивал! Помнишь, говорил, что до физического контакта всё как в дымке, мы такие талантливые, остроумные! А как только свершилось — всё! Полезли в глаза анатомические подробности, тут же вспомнились дела, хочется спать и прочее. Правильно! Но как только мне стало ясно, что ЭТОГО не будет... Понимаешь, точно не будет! И добиваться, уговаривать, запутывать — бесполезно... Сразу исчезло всякое желание быть остроумным и талантливым. И её слушать тоже пропала охота. Хотя до того, как она мне сообщила такую новость, всё было чудесно. И, кстати, когда я расплачивался за наш ужин и шампанское, я пожалел тех денег, которые платил. И вечер пожалел, потому что вечер прошёл полностью зря. А ещё остался осадок… Ну, что меня подвели и обманули.

Я: Да-а-а! Вот так, Макс! Тебе ещё хорошая девчонка попалась. А то, представляешь, ты бы распинался перед ней полночи, а она сказала бы тебе о своей проблеме, когда бы ты уже весь дымился. То-то бы тебе обидно было! Ты бы, наверное, все перья свои распустил, а тебе в последний момент… Хопп! Непреодолимое, дескать, есть препятствие на пути вашей страсти. Неумолимая преграда…

Макс: Смейся, смейся. Но ты точно так же поступил бы. Даже не спорь! Даже ничего слушать не хочу, всё равно не поверю.

Вот такой получился разговор.

Нас обслуживал очень внимательный немолодой официант. Он проявлял, на мой взгляд, излишнее рвение и внимание. Меня это раздражало, а Максу нравилось. Этот парень быстро проанализировал ситуацию и стал работать на Макса. Он чувствовал, что от меня ему ничего не перепадёт. Я ему не нравился.

Мне вскоре нужно было отправиться на встречу. Мы с Максом договорились быть на связи и встретиться где-нибудь в центре сразу после девяти…

Мне можно было посидеть ещё пятнадцать минут. Мы попросили счёт. В этот момент я подумал: «А где мой номерок? Где мои 53?» Я проверил карманы, осмотрел стол. Мы с Максом подняли и положили на место все салфетки... и тарелки. Потом всё внимательно обшарили под столом. Я снова проверил карманы и выложил их содержимое на стол, а Макс даже вывернул портфель. Его номерок, с выразительным числом 33, был при нём. А мой?..

Наш официант внимательно наблюдал за нами. И когда я встал, подбоченившись, и выразил своей позой полное недоумение и отказ от дальнейших поисков, он подошёл и с сильным, приятным, грузинским акцентом спросил:

— Я прошу прощения, это, наверное, вы забыли в туалете номерок. Его отдали в гардероб. Не волнуйтесь, пожалуйста!

Я очень разозлился. Он же видел, как мы минут пять что-то искали. Не мог раньше подойти и сказать?!...

Мы снова присели, чтобы допить кофе, и нам принесли счёт. Я был уже сильно взвинчен. Нервы были ни к чёрту. Устал я, всё-таки...

Когда нам принесли счёт, у нас состоялся ещё один разговор.

Вот наш второй разговор с Максом в ресторане «Генацвале».
(Официант отдал счёт Максу. Макс посмотрел счёт,
мелко покивал головой и достал бумажник.)

Я: Погоди-погоди, дай-ка взглянуть.

Макс: Зачем?

Я: Надо!

Макс: Не надо!

Я: Дай взглянуть, говорю!

Макс: Сегодня я плачу.

Я: Нет уж, вместе заплатим.

Макс: Да заплачу я…

Я: Давай не будем из-за этого спорить, а?

Макс *(глядя в счёт)*: Да тут мелочь, вообще, больше разговору.

Я: Тем более, нечего из-за ерунды спорить.

Макс: Да………

Я *(выдернул у Макса из руки счёт)*: Ни фига себе, мелочь!!!

Макс: Да нормально!

Я: Что значит нормально?! Что это такое — «нормально»?

Макс: Ну?!… Посидели, поели-попили нормально. Теперь нужно заплатить нормально.

Я: Погоди, я не понимаю, ты что, приблизительно на такую сумму рассчитывал? Это *(я ткнул пальцем в счёт)* совпадает с тем, что ты намерен был заплатить… И это «нормально»? Или ты говоришь это своё «нормально», чтобы я не подумал, что тебе жалко денег?

Макс: Ничего я такого не думал, а «нормально» — это «нормально», и всё. Не дёшево, не дорого, а «нормально».

Я: А я считаю, что это *(я потряс счётом перед лицом Макса)* ё-моё — дорого! И это *(я опять потряс счётом)* вообще не «нормально»! Мы на столько тут не посидели. Макс, прежде чем платить, нужно проверить, что тебе тут понаписали. *(Я стал внимательно просматривать счёт.)* А то все так стесняются продемонстрировать внимание и бережливость! Так стесняются этих халдеев! *(Я махнул рукой неопределённо в сторону официантов.)* Главное, они-то вообще не стесняются…

Макс *(выдернул у меня счёт)*: Вот поэтому, давай я и заплачу, а то сейчас заведёшь канитель. Давай-ка не будем мелочиться.

Я: Что значит мелочиться?! Кончай свои эти… провинциальные комплексы здесь демонстрировать.

Макс: Какие провинциальные комплексы?!! Я просто хочу заплатить и всё! А ты не хочешь — не плати. Я доволен и хочу заплатить. Деньги у меня есть…

Я: У меня тоже деньги есть, так что не…

Макс: Деньги есть у всех! *(Макс сделал секундную паузу.)* Понимаешь?! У всех! *(Опять пауза.)* Чё ты так смотришь? Это же ясно! Деньги есть у всех!!! У бабушек-пенсионерок есть какие-то деньги, у детей в копилках есть деньги, даже у тех, кто попрошайничает на улицах… тоже есть деньги. Кому-то кажется, что это не деньги, а это деньги. Так что, деньги есть у всех! И вот тут у меня деньги *(он показал свой бумажник)*, которые я сюда положил и взял с собой, только для того, чтобы их сегодня потратить. Их как бы уже нет! Нету!!! *(Макс открыл бумажник, немного отвернулся от меня и стал, не вынимая деньги из бумажника, отсчитывать нужную сумму.)*

Я: А ты чего от меня бумажник отворачиваешь? А? Чего ты прячешь-то его?!

Макс: А чего я буду перед тобой деньгами трясти?

Я: А ты не тряси… Но и не прячь. Я к тебе туда не заглядываю.

Макс: Да ладно тебе! Неудобно просто…

Я: Во-о-от!!!

Макс: Чё «во-о-от»?!

Я: А то!.. Не-у-доб-но! *(передразнил я Макса)* И с деньгами всё так! Всё-о-о!

Макс: Не понял! Чего всё?! *(Макс отдал деньги официанту и сказал ему спасибо.)* Я не понимаю, Саня, чего «всё»?

Я: Не понял?! Смотри, ты даже от меня деньги прикрываешь. Прячешь! В баню со мной, в туалет… пожалуйста!

Про всех своих девок всё мне подробно рассказываешь. Где, с кем, сколько раз и как... Про все свои болячки... Я тебя не спрашиваю, а ты мне выкладываешь! А деньги?! Что ты!! Деньги — это «неудобно»! Про деньги нельзя! Это же самая закрытая тема! При том, не запрещённая, а именно закрытая, понимаешь? Про самый-самый извращённый секс, про... чёрт знает про что... про всё говорят, хотя, как бы, говорить нельзя, но все говорят! А про деньги говорить, как бы, можно, но стараются не говорить. А при этом деньги больше всего всех интересуют. Понимаешь? Интересно не кто, с кем и когда, а за сколько! Важнее всего, кто реально сколько кому дал, и кто реально сколько получил. А за что — это второй вопрос. Даже вопрос «откуда взял» менее интересен, чем вопрос «сколько». Но ничто, никакая тема так не закрыта, как тема денег. И ничто не покрыто таким слоем лжи! Все врут!!! Вот, например, есть у кого-то часы, хорошие, недешёвые часы. Может быть, ему эти часы подарили... Но вот в одной ситуации и компании он скажет, что купил их ё-моё за сколько, где-нибудь в Женеве, а в другой ситуации соврёт, что купил их в Смоленске на вокзале у пьянчуги, за бутылку. Проверил, а часы оказались золотые и настоящие. А в третьей ситуации — снимет их с руки и положит в карман, чтобы никто не видел. Да-а-а! Трясти деньгами стыдно! А ездить на ядрёна-мать каких дорогих машинах не стыдно? Носить часы в пол-кило золота не стыдно? Одевать своих девок… я не знаю во что. Обвешивать их, как новогоднюю ёлку, и делать так, чтобы все знали, мол, это именно его девка, посмотрите! Это всё пожалуйста! А вот так? *(Я достал свой бумажник, открыл его и показал содержимое Максу.)* Так нельзя! Что ты? «Убери свои деньги!», «Не тряси здесь деньгами!», «Не-у-доб-но!». Все только и делают, что ими трясут. Разбираются, что сколько стоит, сразу видят, у кого какой галстук или пиджак, за сто шагов определят — настоящий он или дешевая подделка… Все друг другу только и демонстрируют, что деньги. Немного хвастают своими возможностями, связями и своим вкусом, но деньги демонстрируют всё равно сильнее. Только не так! *(Я опять раскрыл бумажник.)* Так «не-у-доб-но»!!!

Макс: Кончай!!! Вот мои деньги! *(Он тоже показал свой бумажник.)* И мне за них не стыдно, понял! Я их не нашёл, мне их не подарили, их заработал. Не надо меня агитировать……

Я: Заработал? А кто их не заработал? Даже тот, кто, допустим, у тебя эти деньги из кармана вытащит, он тоже будет думать: «Я их заработал! Мне их не подарили!». Или вот этот халдей. *(Я показал на не полюбившегося мне официанта.)* Ты же ему дал на чай? Я не спрашиваю «сколько», я спрашиваю «дал»? Дал!! Вот видишь?! Вроде бы деньги заработал ты… а на самом деле уже он!

Макс: Да не жалко! Не жалко! Пусть он даже трижды халдей. Мне-то что? Мы сидели с тобой в тепле, беседовали, ели, а он тут нам улыбался… Я дал ему денег. Он остался доволен. И я доволен. Мы довольны! Значит, я хорошо потратил деньги. И всё! И больше ничего.

Я: Правильно… но не в этом дело… Нельзя вот так платить, если это столько…

Макс: Я уже заплатил. Хватит, Саня! Можно — нельзя… Тебе нельзя, а мне можно. Кончай! Слишком долго мы тут про деньги. Не стоит это того, чтобы мы столько времени тратили на эту тему, я не хочу…

Я *(качая головой):* «Много времени на эту тему»! Да мы же всю жизнь на эту тему тратим. Всю жизнь! Мы же всё наше время живём с деньгами. И как только они попадают нам в руки… Всё! Сразу начинается! Вот детям дают деньги, а они сразу знают, что с ними делать. Всё на свете они тянут в рот, а деньги они сразу раз — и в заначку, и начинают копить. Зачем, почему, но копят! Свои тратить не хотят, знают, что конфеты и прочие мелочи взрослые и так купят. И как только они начинают денежки свои копить, тут же начинают хитрить. Хотя чего они могут понимать про деньги?… Вот смотри — я работаю. Я зарабатываю деньги. Я учился, трудился, а теперь делаю, что хочу… Точнее, что хотел. То, что раньше хотел, делаю сейчас. Теперь я этого хочу уже не так, но делаю!

Сам же хотел! Вот и делаю. Это моя профессия, моё дело, это я! Понимаешь, Я! И за то, что я делаю, мне платят деньги. Бесплатно я работать не буду. Но из-за того, что мне платят деньги, я делаю то, что хочу, в основном не так. Не так, как хочу именно я. Но я не об этом. По-другому, наверное, не бывает….. Пойми, я делаю, что умею. Ничего другого я не умею и, значит, хотеть другого не могу. Я люблю работать! Макс, ты же знаешь, я люблю трудиться. И я много сделал, чтобы так трудиться, как я это делаю сейчас. Этим я зарабатываю себе на жизнь, на такую жизнь, которой я живу. Но, например, вот найду я деньги. Вот буду идти по улице и найду много денег. Ну, много! Миллион, твою мать! И всё! ВСЁ! Те деньги, которые я зарабатывал до этой находки, сразу перестанут быть деньгами, ради которых я буду готов работать. Вся моя работа тут же превратится в какое-то сраное хобби. И, знаешь, я ведь перестану работать. Разрушится вся моя жизнь, какая бы она ни была. Всё пойдёт просто к чёрту! Всё, чему я учился, всё, чего добивался. Вся жизнь!!!

Я от многих слышал: «Мне бы столько-то денег, вот тогда бы я сделал ТАКУЮ мастерскую или ТАКОЕ бюро!» Да не сделал бы! Вот и нету ТАКИХ мастерских… Но самое страшное, Макс, если я найду эти деньги — я же их возьму! Буду знать, что они разрушат мою жизнь, но возьму. Обязательно! Потому что если я нашёл много денег, жизнь уже разрушена. ВСЁ! Понимаешь?! В любом случае! Даже если я их не возьму себе, а совершу такую глупость и отдам их государству или найду их владельца… Всю оставшуюся жизнь я буду об этом думать и мучиться. А все окружающие будут считать меня дураком. Причём, самым гадким и отвратительным дураком.

Макс: Конечно будут! И ещё будут не любить. Кстати, в любом случае. Возьмёшь ты деньги или не возьмёшь, без разницы… Знаешь, Саня, а мне деньги нравятся. Вот сами по себе нравятся. Вот смотри: например, спроси меня, сколько стоит мой друг, например ты. Я бы за такой вопрос сразу раз и в глаз! А когда иду покупать тебе подарок на день рождения, хожу по магазинам и прикидываю: «Ага, вот это для него слишком дёшево, а вот это слишком дорого. И выбираю подарок по такой цене, которая, я полагаю, тебе подходит. Понял?! То есть, нахожу конкретную цену! Кому? Другу! Тебе! Свинство?! А забавно!

Я: Не-е-е! Я не об этом. Нравятся деньги или не нравятся, какая разница. Они есть, и с этим ничего не сделаешь. А я хотел бы их не чувствовать. Вообще не чувствовать деньги…

Макс: Это как это? Не чувствовать?

Я: Как? Ну, например, покупаю я зимой клубнику. За-хотел этой клубники с молоком и сахаром, как в детстве. И ведь могу её купить, денег достаточно. Но обязательно подумаю, что летом клубника будет вкуснее, а главное — дешевле. Вот чего я чувствовать не хочу! Зато хочу покупать в июне первую, самую первую черешню, и не чувствовать, что это дорого, а через неделю станет дешевле. Понимаешь, чего я хочу?!

Макс: Понимаю! *(Макс пожал плечами.)* Я бы очень хотел иметь шапку-невидимку, хотел бы дышать под водой, как рыба, и иметь маленький летательный аппарат, такой, безопасный, какого пока не существует, этакий фантастический. Я этого всего хочу! Но хотением этого я не занимаюсь. Я больше думаю о деньгах, да, Сань! Думаю, как мне закончить одно дельце, и выгодно его закончить. Думаю, покупать мне новую машину или не покупать, а если покупать, то какую. И ещё много других вопросов решаю, которые по сути такие же... А хотел бы иметь шапку-невидимку, хотел бы дышать, как рыба. И сильно-сильно хотел бы поговорить с отцом. Сейчас поговорить. В теперешнем моём возрасте. Но отец-то умер... и давно! А мы перед его смертью поссорились... Я к чему это... К тому, что про отца и про шапку-невидимку мне говорить приятно, а главное, не стыдно! Знаешь почему?! Потому что это не-воз-мож-но! А про новую

машину… хули про неё говорить? Надо будет — куплю!!!
Саня, а ты не опаздываешь?

Вот так разговор закончился.

Меня как будто облили самой холодной в мире жидко-
стью. Я взглянул на часы. Паника слегка улеглась, я про-
сидел лишних семь-восемь минут. Но как я мог так за-
быться?! Как я могу так рисковать?! Я бросился к гардеробу, а Макс поспевал за мной, весело подгоняя меня. Мне
же было не до шуток.

— Вот видишь, Саня, как только заговорил про деньги, тут же забыл про любовь!

Макс, сволочь, был прав…

11

Было уже десять минут восьмого, когда мне удалось
наконец-то поймать машину. Чисто или не чисто внутри
этого автомобиля, мне было совершенно неважно. Главное — ехать. Быстрее!

— А где конкретно? Проспект Мира длинный, —
спросил меня худой и коротко стриженный водитель.

— Я не помню номер дома, там покажу. Мне прямо на
проспекте… ну, то есть, сворачивать никуда не нужно.

По ходу справа… — я нервничал и с трудом формулировал.

— Хорошо, понятно, — сказал водитель. — А мы торопимся?

— Мы просто опаздываем, — быстро ответил я.

— Ну, если мы спешим, то можно попробовать… — запел он обычную водительскую песню.

— Конечно-конечно! Разумеется! Если доедем за сорок минут, — прервал я его и без того ясное высказывание, — я не обижу.

Машин было отчаянно много. Опоздать можно было запросто. Начало восьмого! Шутка ли? Москва почти не двигалась. Но мой водитель…

Он имел удивительную манеру вождения. Очень худой и высокий, он сидел, не откинувшись на спинку сиденья, а наоборот. Он как бы склонился над рулём и, казалось, старался упереться носом в лобовое стекло. Он постоянно двигал своими длинными руками и ногами — жал на педали, переключал скорости и беспрерывно рулил. Он вертел своей остроконечной головой и высматривал каждую возможную лазейку. Как только он её находил — тут же делал рывок туда. И при этом он, не умолкая, комментировал действия других водителей. Обгоняя кого-нибудь, обязательно оглядывался и говорил: «Ну, конечно! В очках! Баррран! Не видит ни х…!», или «Баба!

Я так и думал!», или «Где же они права-то покупают, а?» и так далее. Он чувствовал себя на улице, как на войне. Он как бы пробивался вперед короткими перебежками, постоянно анализировал изменяющуюся оперативную обстановку и моментально принимал решения.

Машина у него была тоже почти военная. В ней отсутствовали какие-либо излишества. Там, где должно было находиться радио, зияла чёрная дыра, и из тьмы торчали провода. Водитель перехватил мой взгляд.

— Украли! Месяц назад уже! Поссать .отошёл, прихожу — нету. Я думал, на такое радио вообще ни у кого не встанет. Не-е-е! Всё воруют! — он говорил быстро, как будто стрелял короткими очередями. — Этой машине уже пятнадцать лет. И всё равно, только за этот год уже три раза пытались угнать. Но кроме меня её никто не заведёт. Так что, бесполезно, — говоря это, он сунул в рот сигарету и прикурил.

— Простите, — тут же сказал я, — вы не могли бы не курить, у меня астма, — соврал я. Я не хотел, чтобы он курил. Мне это совсем не мешало, но я не желал пропахнуть дымом перед встречей с Ней. Про астму я соврал, чтобы водитель не обижался.

— Извиняюсь, — сказал он и проворно выкинул сигарету в приоткрытое окно. Он ужасно резко разгонял свой полностью разболтанный автомобиль, который гремел каждой деталью, и так же резко тормозил. Я по привычке тоже давил ногой на несуществующий тормоз.

— Не тормози, не тормози, — мои движения не укрылись от его внимания, — не бойся. Я на скорой помощи раньше работал. Доедем, не ссы!

Он продолжал постоянно что-то говорить. А я понял, что так боюсь опоздать!!! Хотя, чего было так бояться? Если взглянуть на ситуацию иначе… Ну, на сколько я могу опоздать, ну, на десять минут. Что Она, не поймёт? Да поймёт, конечно! Ну, будет у нас не тридцать минут, а двадцать. Ну и что?! Для того, чтобы сказать Ей то, что хочу сказать, достаточно минуты. А если я не решусь сказать Ей сегодня, что я Её люблю… как никогда не любил… То тут хоть два часа, хоть три… Но почему-то было ясно, что опаздывать нельзя! Лучше приехать минут на пять-десять раньше… Хотелось отдышаться перед встречей.

Мы двигались очень медленно. Водитель был хоть и молодец, но не мог сделать невозможного. Я сжался в комок и уставился в одну точку. Анализ ситуации, что, мол, ничего страшного, если опоздаю, не помогал совершенно. Если бы я знал, что может быть один шанс из миллиона, что опоздаю… я бы не поехал к Максу в ресторан, а приехал бы в назначенное место сразу. Сидел бы там спокойно и ждал.

Я смотрел в одну точку невидящим, расфокусированным взглядом, я слышал и не слышал болтовню водителя рядом со мной, шум улицы вокруг меня, стук сердца внутри…

Я прямо-таки физически чувствовал, как этот огромный город ворует, высасывает из меня моё время… как Москва, со всеми своими предельными силами, множит моё переживание…

Чтобы беспрерывно не смотреть на часы, я закрыл глаза и…

Я увидел весну…

Меня никто не провожал и не мог провожать. Я стоял на перроне рядом со своим вагоном. Был один из первых откровенных весенних дней. Очень яркое солнце, очень высокое небо и ужасно отчётливые оттаявшие запахи. Возле здания вокзала играл небольшой духовой оркестр. Народу было очень много. Военные, офицеры и низшие чины, успели убрать грубую зимнюю форму. Все были элегантные, наглаженные, при орденах и медалях. Женщины тоже были нарядные, с причёсками, во всём светлом.

Возле моего вагона стояли только пары. Кроме меня. Я был один. В этом вагоне уезжали офицеры, выписанные из госпиталя после ранений. Они стояли со своими барышнями и дамами. Кто-то молчал, кто-то без остановки говорил, но все смотрели друг другу в глаза и держались за руки.

Наш эшелон уходил далеко. Мелькали погоны и нашивки всех родов войск. А также пилотки, фуражки, бескозырки. В хвост состава отвели новобранцев. Их уже загнали в вагоны, они высовывались во все окна и прощались со своими. Там столпились в основном взрослые женщины, они жались к окнам, что-то быстро говорили, боясь не успеть сказать всё-всё. Возле этих последних вагонов слёзы текли ручьями. Возле нашего — слёзы капали. Но эти слёзы были слезами настоящего расставания. Те, кто прощались здесь, знали или догадывались, что больше никогда не увидятся. В любом случае.

Подходя к вокзалу, несмотря на грубое нарушение формы одежды, я полностью расстегнул плащ и две верхних пуговицы кителя. Ещё я снял фуражку и нёс её, держа за козырёк. Все мои вещи поместились в небольшой чемоданчик… Возле вокзала я купил свежих газет и… маленький букет тюльпанов. Пять тюльпанов.

Я ничего не понимаю в цветах, но тюльпаны я люблю. Особенно самые первые, маленькие, с плотно закрытыми бутонами. Тюльпаны скрипят, когда касаются друг друга в букете. Они сочные и их хочется съесть… ну, или хотя бы откусить кусочек толстого стебля.

Я купил их просто так… Хотелось купить чего-то. Там, куда уходил наш поезд, деньги не понадобятся. Я знал, что меня никто не придёт провожать. Цветы были куплены… просто так, и всё.

Зря я купил эти тюльпаны! Как только у меня в руке оказались цветы, весь комплекс ощущений, связанный с наличием цветов в руке… рухнул на меня. Я пришёл к своему вагону, зашёл внутрь, осмотрел своё купе, посидел на своём месте, поднял на полку чемодан и даже снял плащ, но не смог остаться сидеть там и читать газету. Я взял тюльпаны и пошёл на перрон.

Я поймал себя на мысли, что внимательно вглядываюсь в лица всех женщин вокруг меня. Я обшаривал толпу взглядом. Я искал Её лицо. Всё было ясно! Её не может быть здесь, в этом маленьком городке. Она не может знать, что я стою на перроне и мой поезд вот-вот тронется. «Её здесь быть не может!» — говорил я себе. Но в моей руке были цветы, и значит, я искал Её в толпе.

Потом я вдруг понял, что посматриваю на вокзальные часы… и на свои наручные. Я понял, что жду Её. Жду, будто Она должна обязательно прийти. Я понимал, что это невозможно! Но в моей руке были тюльпаны и, поэтому, я ждал Её.

Потом прозвучал гудок. Странно, на вокзале много разных громких звуков, в том числе и гудков. Но этот гудок все узнали и поняли. Пары стали расставаться, кто-то стоял у окна и писал что-то пальцем по стеклу, кто-то бесшумно говорил, стоя за окном. Пары расстались. В конце состава заголосили женщины. Оркестрик как бы набрал в лёгкие побольше воздуха и громче обычного заиграл самый бравурный, и именно поэтому невыносимо грустный марш.

Я стоял на месте и был последним из отъезжающих, кто остался ещё на перроне. Мне кричали, чтобы я немедленно заходил в вагон.

Все звуки у меня в ушах стихли, движение людей вокруг меня замедлилось… Я поднял глаза на вокзальные часы, потом ещё выше… на небо. В этот момент лязгнули вагоны. Состав натянулся и сдвинулся с места. Я в три шага догнал открытую дверь, встал на подножку и почувствовал движение поезда. Я развернулся, посмотрел медленным и тягучим взглядом на остающийся на месте перрон, медленно поднял левую руку и снова зачем-то посмотрел на часы. Ещё через секунду я бросил цветы в щель между перроном и уходящим вагоном. Освободившаяся от цветов рука скользнула во внутренний карман. Я достал оттуда маленький синий шёлковый платок — единственный Её подарок. Я поднёс платок к лицу и вдохнул едва уловимый запах духов.

Ещё через три секунды вернулись звуки, краски и скорость жизни…

Я сидел, сжавшись в комок, на переднем сидении старого автомобиля, зажатого в московской пробке. Рядом шевелил всеми конечностями водитель. Я трогал левой рукой гладкий платок, повязанный у меня на шее.

Я заулыбался, потому что вдруг осознал, что отношусь к этому платку, как к Её подарку… Как будто именно Она подарила мне его… и это Её запах…

— Ну, давай, давай, родной! Давай, рожай… — кому-то говорил мой водитель. Я взглянул на часы. До истечения объявленных призовых сорока минут оставалось восемь… минут, а мы только-только подъезжали к повороту на проспект Мира. Пробка была просто нечеловеческая!

— Откуда они сюда понаехали? — не унимался водитель.

Мы опаздывали, я уже собирался звонить Ей и предупредить о том, что вовремя приехать не смогу. Мы повернули на проспект, где тоже было всё забито.

— А вот и паровоз! — радостно объявил мой спутник.

Я не понял, что он имел в виду. Но в эту секунду нас слева обогнала машина скорой помощи с мигалками и сиреной. Он резко рванул вправо, пристроился в хвост

к «скорой» и помчался за ней. Его азарт одержал молние-
носную победу над правилами поведения и движения, над
благоразумием и обычной дорожной вежливостью. Мы
летели вперёд. «Эту скорую помощь послали мне», — подумал я.

— Успеем-успеем, — засмеялся водитель, — поскорее
хочу от тебя избавиться. Курить хочу, аж хохочу!!!

Я посмотрел на него: «А ведь мне лет приблизительно
столько же, сколько ему. Интересно, кто из нас старше
выглядит, он или я?»

— Чего смотришь? Ты для астматика ещё крепкий!
А у меня с этим, тьфу-тьфу-тьфу, всё в порядке. Только
поясницу прихватывает иногда…

Мы доехали за сорок две минуты, но я дал ему вдвое
больше…

12

В этом кафе мы встречались один раз. Это было совсем маленькое и невыразительное кафе на шесть столиков. Серый пол, бежевые стены, барная стойка, круглые столики, фотографии старых паровозов и аэропла-
нов по стенам… Ничего хорошего или особенного…
Но мы встречались здесь… и это место уже было важ-

нее и ценнее для меня, чем модные и продуманные заведения.

Не занят был только один столик, у самого входа. За всеми остальными сидели люди и уходить не собирались. Я сел за свободный столик, снял пальто, шарф, положил всё это на соседний стул и взглянул на часы. Было без семи восемь. Я сел спиной к входу, чтобы не смотреть на улицу и на дверь. Я знаю себя, если будет видно улицу — буду смотреть туда, и ожидание станет ещё тяжелее.

Она должна была подойти справа. Там, в торце дома, который стоял перпендикулярно проспекту, был вход в её офис — синяя светящаяся надпись, название фирмы, ещё светящиеся самолётик и кораблик. Очень мило! Я так хотел зайти туда и увидеть Её на рабочем месте, но не посмел этого сделать.

Я сел, чтобы не смотреть на дверь, откуда она появится. С самого детства, когда я сильно чего-то ждал и смотрел туда, откуда должно было… то, чего я ждал, прийти или приехать, — я никогда не дожидался… или пропускал момент появления. Например, мы с мамой встречали отца на вокзале, и я ждал, вглядывался туда, откуда выворачивали на прямую рельсы того пути, по которому должен был приехать отец. Мне так хотелось увидеть появление поезда. Но поезд задерживался. Три минуты, пять, шесть… И я отвлёкся на какие-то секунды… Что-нибудь спросил у мамы или она у меня… А когда вернулся взглядом к рельсам, по ним уже двигался локомотив… Чудесное появление было пропущено… И так всегда и со всем. Потом я решил, что это я сам задерживаю ожидаемое своим взглядом. Так что я сел спиной к входу.

За последний месяц количество звонящих мне людей, и соответственно звонков мне, сильно уменьшилось. Просто я перестал изображать радость по поводу каждого звонка. От приглашений на разные мероприятия сразу отказывался и старался не вести никаких переговоров. Постепенно звонки стали всё реже и реже. Я был рад этому точно так же, как, года четыре назад, радовался беспрерывным звонкам заказчиков, коллег, друзей и приятельниц… Я ощущал свой успех, я чувствовал, что нужен многим людям, что они хотят меня не только в качестве исполнителя неких работ, но и как собеседника, приятеля… В Москве тогда, вдруг, резко увеличился мой круг общения, появились новые маршруты, адреса, лица…

Месяц назад я понял, что всё это суррогат и ерунда. Я построил один хороший дом, и всё. Этот дом оставался моей визитной карточкой, но для Москвы этого было пока достаточно…

Тишины стало больше. Даже стихла волна звонков типа: «Ну куда ты спрятался?», или «Ты что-то задумал, наверное? Не звонишь, не пишешь!», или «Милый, ты не заболел? Тут все тебя потеряли!» На все такие звонки я бурчал что-то невесёлое. Я ждал звонка только от Неё. Она не позвонила мне ни разу. Нет-нет! Не было такого, чтобы Она должна была позвонить и не позвонила. Я сам звонил всегда.

А просто так, среди дня, среди ночи, или утром, просто, чтобы услышать мой голос, просто, чтобы поболтать, она не звонила. Она не такая!! Я был в восторге от этого… Но если бы Она позвонила хоть раз — я стал бы просто счастлив! Я ждал звонка… Её звонка… всегда…

Тем, что происходило в последнее время на работе, я был доволен. Год назад мой офис и я вели одновременно шесть строек, ремонтов и реконструкций. Меня, Гриши (моего помощника), а также нашего секретаря и бухгалтера, нас не хватало, чтобы уследить за всем и справиться со всеми документами, согласованиями и прочей фигнёй. Объекты были неинтересные, я нервничал, надрывался и понимал, что не справляюсь… Удар по самолюбию был страшный…

Сейчас же на нас висело всего два объекта. Я решил — пока их не закончим, новых не брать. И вообще, нужно было завязывать возиться с магазинами и аптеками. В Москве можно этим заниматься до бесконечности.

К тому же пошли предложения из родной и не родной глубинки. Я же стал, ё-моё, московским архитектором!

При всей нелюбви к Москве, которая равномерно нанесена на все просторы Родины... московскость — это лучший товарный знак.

Я отлично помню афишу на стене городской филармонии моего Родного города. Афиша сообщала о концерте нашего местного симфонического оркестра. Вся информация об оркестре, великие имена композиторов, чьи произведения должен был исполнять наш оркестр — всё было напечатано синим, среднего и мелкого размера шрифтом. Синим было выбито и слово «дирижёр». Только «Давид Цидилян. Москва» горело красными большими буквами.

Я не откликнулся ни на одно предложение из-за пределов столицы. Я, пока ещё, не научился пользоваться этим магическим словом «Москва», которое почему-то обязательно ассоциируется с красным цветом... Хотя, нет! Чего там! Я привык. Я не хотел уезжать из Москвы. Здесь у меня было всё. А теперь ещё и Она. А от дел я почти устранился... и был доволен.

Она, кстати, тоже приехала в Москву лет десять назад. Приехала откуда-то издалека. Она рассказывала мне. Из гораздо более дальнего далека, чем я. Я понимал, что Она слишком хороша для меня...

Я сидел и ждал. Всё моё туловище замерло и прекратило подавать мне сигналы о своих границах и глубинах. Работали только голова и сердце. Ровно в восемь часов я начал стремительно скользить в сторону отчаяния. В восемь ноль семь я позвонил Ей.........................

Странное дело, я почему-то и так знал, что Она не придёт. Знал сразу, ещё до того, как мы договорились о встрече…

Я не обиделся. Я не мог обидеться на Неё. Я даже не мог придумать или представить себе ситуацию, в которой я мог бы на Неё обидеться. И я не огорчился. Нет! Я, как будто, выпал из самолёта на предельной высоте и скорости. То есть, я задохнулся и замёрз одновременно…

Она ответила не сразу. Мне пришлось ждать девять или десять гудков… Фактически, Она опаздывала только на семь минут, но почему-то я почувствовал, что Она не придёт совсем…

Её голос был очень далёким. Она искренне сказала, что только, когда я позвонил… только тогда посмотрела на часы и ужаснулась. Она просила простить её. У неё возникли какие-то неприятности, и ей пришлось уехать из офиса. Предупредить меня она не могла… Она также сказала, что не могла позвонить, хотя помнила о том, что надо это сделать.

Я спросил, не случилось ли чего с её дочкой… Она сказала, что нет… И что она не может больше говорить, предложила созвониться завтра, ещё раз попросила прощения и отключилась.

«Так», — подумал я.

— Так, — сказал я вслух и повторил это какое-то неопределённое количество раз.

«Мне нужна помощь! — подумал я. — Помогите мне!» Потом я остро ощутил, что за весь день я выпил четыре кофе и бутылку кефира и ни разу не… сходил в туалет. Мой организм подал мне отчаянный сигнал…

Я встал и пошёл в туалет. Там я пописал, немного поплакал, умылся, постоял, держась руками за раковину умывальника и глядя в свои глаза в зеркале. В этот момент я послал мощнейшее сообщение о страдании и отчаянии. Если бы спутники в космосе улавливали эти сигналы, то несколько штук из них сошли бы со своих орбит. Потом я вышел из туалета.

— Вы свой телефончик так не оставляйте, пожалуйста, — услышал я голос, оглянулся на него и выяснил, что говорил бармен. Темноволосый, явно южный мужчина в белой рубашке, чёрном жилете и хороших очках. — Возле двери оставлять не надо. Я, конечно, смотрю, но… С вами всё в порядке?

Через пару минут я сидел на высоком табурете у стойки, пил колу со льдом и лимоном и набирал номер телефона Макса.

— Вы прямо позеленели… Я подумал, сейчас упадёт человек, — говорил черноволосый бармен. У него была маленькая табличка на груди. На табличке было одно слово — Эрик. Эрику было лет пятьдесят, не меньше.

Я понял, что мне срочно необходим Макс. Пусть приедет и заберёт меня отсюда. Заберёт куда-нибудь, нальёт мне водки, заставит меня съесть чего-нибудь. Пусть ругает меня за то, что я расклеился, или просто болтает со мной на любую свою тему. Я не могу быть сейчас один.

«Но это ещё не предел! Дна я ещё не достиг!… Нет! Это ещё не дно. До дна ещё падать и падать», — думал я.

Там было так хорошо! В пустыне, в траншее у пулемёта, в холодном тёмном море… очень хорошо! В вагоне военного эшелона… было спокойно. Холодно и спокойно. Там было спасение, потому что там не было надежды. Совсем! Даже тени надежды не было!

Ещё было бы здорово находиться где-нибудь на полярной станции. Чтобы был маленький такой вагончик среди бесконечных льдов и снегов. Холодный океан отделял бы эти снега и льды от материков, где было тепло, где шла жизнь. Хорошо было бы жить на этой станции много-много месяцев, а то и лет. Чтобы там со мной был молчаливый и суровый напарник, с которым мы обменивались двумя-тремя словами за день. Например, такими: я — «Будешь чай?», он — «Буду», через три часа: он — «Сходишь за дровами?», я — «Схожу», и ближе к ночи: я — «Кто будет сегодня проверять приборы?», он — «Я». И всё. И достаточно. Чтобы в нашем вагончике было тесно, но уютно, тепло, но не жарко. Окошко было бы всегда замёрзшим, и оно то ярко светилось бы полярным солнцем, то темнело бы полярной ночью. Мне нужно было бы изо дня в день выходить на связь, что-нибудь куда-то докладывать… (А что ещё делают полярники?) Ещё нужно было бы аккуратно вести специальный журнал. Три раза в день покидать наш вагончик в любую погоду, чтобы проверить показания каких-то приборов. (Ну, в смысле, если бы я был полярником, я бы умел это делать и знал, зачем это нужно.) Конечно, если бы у меня был напарник, мы бы всё делали по очереди: по очереди снимали показания приборов, заполняли журнал, делали уборку, готовили еду, выходили на связь с «большой землёй». Еда была бы очень однообразная и простая. Но с этим как раз у меня проблем бы не было. Но необходимо, чтобы было много книг. Таких толстых и бесконечных старых романов. Всё перечитать или прочитать впервые! Нужен был бы весь Жюль Верн, Вальтер Скотт, Стивенсон, Марк Твен, никакого Достоевского и Толстого!.. Диккенс? Можно! «Капитанскую дочку» и «Повести Белкина» тоже хорошо, но, к сожалению, Пушкин мало такого написал. В общем, ничего современного и поменьше отечественного… «Откупорить шампанского бутылку и перечесть женитьбу Фигаро» — это прекрасно… наверное. Но я не могу этого сделать. Не могу! По простой причине, что я не читал «Женитьбу Фигаро». Значит, как я могу ее перечесть? Да и откуда шампанское на полярной станции?.. Ещё, каждые три месяца прилетал бы самолёт, но не садился, а пролетал бы над нами, приветственно качал крыльями, сбрасывал ящики с оборудованием, едой, подарками, книгами. Но никаких писем. Никаких!

Ещё, хорошо сидеть в тюрьме. Но не в нашей, не сейчас и не за преступление. А так… непонятно за что и во французской тюрьме… Давно. Чтобы была даже не тюрьма, а крепость. Каменные стены, деревянная дверь с металлическими заклёпками, свежее сено на полу, высокое окно с решёткой и синим небом. Книга у меня должна была бы быть только одна — тяжёлая старинная Библия, и больше никаких книг. Надо же, в конце концов, прочитать Библию! У меня всегда были бы чистые, свежие рубашки со свободными рукавами и узкими манжетами. Рубашки не такие, как сейчас, не тонкие, а из такого толстого полотна. Я был бы всегда хорошо выбрит. (Кстати, интересно, как они там брились, тогда… давно.) Хорошо, если бы ко мне приходил цирюльник и брил меня каждое утро… И чтобы иногда приходил священник и беседовал со мной. Мы вели бы с ним бесконечные спокойные философские дискуссии… Можно было бы играть в шахматы с надсмотрщиком. Мне приносили бы хороший хлеб, яблоки и кувшин вина. Но только чтобы не было никакой возможности передать кому-то какую-нибудь записку или получить от кого-нибудь письмо. Ещё чтобы было точно известно, что нет никакой возможности сбежать отсюда, что из этой крепости никто не сбегал и даже не пытался. Чтобы на душе было спокойно, чтобы не было неотомщённой обиды или долга чести. Чтобы точно знать, что я посажен в эту крепость навсегда! И нет совершенно никакого смысла ждать смены власти и помилования. Нет! Вот так до конца!

Очень хорошо было бы быть монахом, но не православным, с длинной и непослушной бородой. Я не хочу жить в холодной келье, не хочу есть постные щи и кислую капусту, сидя за общим столом с такими же, как я сам (если бы я был монахом), бородатыми, бледными, сутулыми и некрасивыми людьми. Не хочу делать грубую и убогую работу, преимущественно зимой на морозе. Не-е-ет! Хочется быть монахом где-то далеко-далеко, где красивые пейзажи, тишина, в маленьком озере плавают карпы. В общем, где красиво, есть и горы и равнины, не жарко и не холодно. Где можно, наконец-то, побрить голову раз и навсегда. Там не было бы вообще ни одной книги. Там все и так всё знают! Там бы я изнурял своё тело сложнейшими упражнениями, учился спокойствию и силе, встречал восход и провожал солнце на закате, сидя в одной позе. Там, наконец-то, появился бы авторитетный для меня человек — мой учитель. Обязательно маленький, сухонький и знающий всего меня насквозь и на три шага вперёд. Он научил бы меня слышать дождь и отличать песню сверчка от трели цикады, научил бы видеть облака и понимать их, научил бы идти сквозь туман... и всегда выходить к храму. Там бы я написал своё первое стихотворение... палочкой на песке. Стихотворение о дожде, облаках, сверчке, цикаде... о тумане и песке. И не слова о себе... Ни единого слова про себя!

Ещё, я бы согласился отправиться в бесконечную космическую экспедицию. Такую экспедицию, которая не вернётся, а если и вернётся, то тогда, когда на Земле уже не останется никого из тех, кто бы мог меня ждать. В космосе и на Земле время идёт неодинаково. Я улетал бы и знал, что больше я Её никогда не увижу и не услышу. Меня бы усыпили, чтобы я проснулся через сотни лет, за миллионы парсек от Земли. Я бы проснулся в мире, где Её нет! А если бы улетала Она... я бы не смог остаться. Нет-нет! Здесь мне ВСЁ напоминало бы о Ней, и я не смог бы не ждать Её... Здесь оставаться нельзя...

Макс ответил. Слава Богу!

— Макс, приезжай сюда немедленно!

— Саня, давай лучше ты сюда, тут как раз…

— Макс, блядь! Умоляю! Приезжай, пожалуйста, сюда! Забери меня отсюда.

— Что случилось? — Макс спросил уже серьёзным голосом.

— Ма-акс! Приезжай, пожалуйста.

— Саня… а где ты?

— На проспекте Мира. Если ехать от центра… — я понял, что не смогу толком объяснить Максу, как надо ехать, — Макс, сейчас я передам трубку, и тебе всё объяснят. Прошу тебя, поторопись!

Я передал трубку Эрику с просьбой растолковать моему другу, как сюда приехать. Эрик взял у меня трубку и долго, терпеливо, подробно, и даже жестикулируя, объяснял Максу, как добраться.

— Он скоро приедет, — сказал Эрик, возвращая мне телефон. — С вами всё нормально? Может быть, чаю? Или… покрепче?

— Нет-нет. Всё очень хорошо! А мой друг не сказал, откуда он едет?

— Он спрашивал, как ему ехать с Нового Арбата.

— А-а-а! Далеко… — я понял, что минимум сорок минут мне нужно будет сидеть и ждать. Это ужасно! Но ехать одному куда-то? Нет-нет! Подожду.

Очень хотелось выпить чего-нибудь, причём выпить залпом...

13

— Вам точно ничего не надо? — недоверчиво прищурившись, спросил бармен. — Может быть, колы ещё?

— Да, давайте.

— И льда побольше?

— И льда побольше.

— И лимон. А трубочку совсем не надо?

— Именно! — я на полсекунды успел удивиться, откуда может знать бармен Эрик, как я люблю пить колу. — Но передо мной стоял стакан с остатками колы, льдом и кружком лимона. Значит, я заказывал уже так. Только не помнил об этом.

Эрик работал очень ловко. Столиков было немного, но молодая крупная официантка постоянно подходила к нему с заказами. Он делал всё быстро, при этом его руки двигались плавно и как бы отдельно от его спокойного лица. Он явно любил поговорить. И говорил он с восточной нежностью и вкрадчивостью.

— Кстати, извините меня, вы случайно не писатель? — улыбаясь, спросил он.

— Нет, совершенно не писатель, — ответил я.

— И?………

— И не поэт, не художник и даже не журналист.

— Извините, пожалуйста… — он изобразил смущение, но всё-таки продолжил. Ему очень хотелось мне что-то рассказать.

Вот то, что мне рассказал бармен Эрик.

— Я так просто подумал, что вы, может быть, писатель… Я тоже как-то одно время переживал. Сильно переживал. Лет пять назад. Я тогда ещё в гостинице «Украина» работал… О-о-о! Нет! Не пять лет, а восемь! Вот так! Видите? Такая жизнь, себя забываю… Так вот, работал тогда в гостинице «Украина», наверху, в баре. И какая-то осень такая была неприятная, и какая-то любовь-нелюбовь, и то и сё. В общем, тоже я загрустил, запереживал. Настроение такое было, чуть не плакал ходил. И так мне захотелось купить себе шейный платок. Зашёл я в магазин, туда-сюда, съездил на рынок. Не могу найти себе такой, который нравится. Женские платки как-то не хочется покупать. Всякие ненатуральные, синтетические — тоже, ну… не солидно. А я никогда не носил таких платков, даже не знал, где они продаются. Потом мне сказали. Я поехал в такой магазин. Там очень красивые платки.

154

Разные! Я думаю: «О! Куплю сразу три». Спрашиваю девушку: «Милая, а сколько вот этот платочек стоит?» Она как сказала! Я за голову взялся, вот так *(Эрик показал, как он взялся за голову)* и говорю: «Это вот такой вот маленький платочек столько стоит?! Ой-ой-ой!» Перед моденькой девочкой стало неудобно, что я не могу себе такой платочек маленький купить. А сколько же тогда там костюм стоит, в этом магазине? Покраснел весь. Посчитал деньги. Только-только хватило на платочек, самый-самый простой. Обратно ехал на метро.

Стал носить платок вот так с рубашкой. Очень красиво, всем нравится. Ну и сам вижу — хорошо! И как-то я обратил внимание, что один посетитель тоже носит платок на шее. Такой высокий иностранец. Постарше меня. Он здесь был представитель какой-то большой фирмы... из Голландии. Приятный такой, вежливый. Возьмёт за вечер два-три пива, сидит, читает. Потом стал со мной разговаривать. Он по-русски хорошо говорил. Молодец! Засиживался дольше всех. И вот однажды сидел он не за столиком, а за стойкой. Грустный такой, писал чего-то, со мной разговаривал. А потом, уходя, вот так, как бы случайно, раз и бросил мне записку за стойку. Беру я записку, а там он мне пишет, почерк красивый. Конечно, с ошибками написал. А я-то по-ихнему вообще говорить не могу, так что он молодец — написал по-русски! Написал, что приглашает меня, когда у меня будет свободное время, поужинать с ним вместе. Вот так!

С тех пор я никогда больше шейный платок не ношу.

Вот что мне рассказал бармен Эрик.

— Простите, но я вас ужинать не приглашу. Ко мне сейчас мой друг приедет, — сказал я.

Эрик смеялся минуты две. Ему очень понравилась моя шутка. А я не пошутил, я в этот момент неспособен был шутить. Меня мучил, терзал, разрывал на куски вопрос, что с Ней случилось, что с Ней происходит, а главное, почему Она не обратилась ко мне. К кому Ей ещё обращаться, как не ко мне? Она разве не чувствует, что я Её люблю? Конечно, Она чувствует! Почему Она не доставит мне такого счастья — помочь Ей? Господи! Если бы Она позволила Ей помочь! Почему Она мне не доверяет?!

Мой телефон зазвонил. Я вздрогнул, во мне всё перевернулось, что-то оборвалось и упало в самые пятки. Где-то на юге Африки сошёл с рельсов товарный поезд……

Звонила не Она. Я услышал незнакомый мне голос. Женский молодой голос.

— Добрый вечер! Простите, это Александр?.. Извините, не знаю вашего отчества.

— Не беспокойтесь, это совершенно не обязательно. Да, это я.

— Ещё раз здравствуйте! Это Марина, то есть, меня зовут Марина. Я жена Гриши…

— Простите, какого Гриши?

— Гриши! Ну как же?! Гриши, вашего сотрудника…

— Ах, Гриши! Ну конечно! Да-да, понятно. Что-то случилось?

— Нет-нет. Ничего не случилось, вы не волнуйтесь… Я очень прошу вас простить меня, что я звоню вам, — голос был совсем молодой.

«Сколько же ей лет?» — подумал я. Грише двадцать пять. Я даже и не знал, что он женат. Он вообще ничего о себе не говорил. Я взял его на работу два года назад, но ничего про его жизнь не знал.

— Гриша не знает, что я вам звоню. Он будет очень недоволен, если узнает об этом.

— Если я правильно вас понимаю, вы не хотите, чтобы я сказал Грише о вашем мне звонке? Так?

— Да-а… Но… — она и так говорила очень взволнованно, а тут совсем смутилась. — Ой, а вы можете говорить сейчас? У вас есть две минуты? Я вас не отвлекаю?

— Две минуты у меня есть, — я сказал это слишком сурово. Она же говорила вежливо, взволнованно и вполне достойно. К тому же было ясно, что что-то стряслось, и что-то серьёзное. Иначе она не позвонила бы. — Не волнуйтесь, говорите. Вы не слишком меня отвлекли.

— Спасибо! Я взяла ваш телефон из Гришиной записной книжки... Не знаю, как начать... Гриша вас очень уважает. Всегда говорит о вас с восхищением... Какой вы специалист и какой человек. Вы для него настоящий авторитет. Он вас просто любит... Очень переживает за всё, что происходит... Он, вообще, мало рассказывает про дела, про работу, но про вас всегда говорит с удовольствием. Он гордится...

— Спасибо! Вы меня смущаете! Что же всё-таки... — начал я, но она перебила меня.

— Да-да, извините. Конечно! Так вот, в последнее время, а особенно последние несколько дней, он просто совсем стал сам не свой. Не ест ничего, почти не спит. Вчера плакал в ванной. Ничего мне не говорит. А сегодня, час назад, пришёл домой, я накрыла на стол, он сел, посидел молча, ни к чему не притронулся. Потом сказал, что он страшно вас подвёл, что он ни на что не годится, что непонятно, как и зачем вы его терпите... Потом он сказал, что вы сегодня разобрались с ситуацией, которую он не мог решить и не мог с ней справиться... Что он пытался справиться целую неделю, но ничего не смог, а только всё испортил. А вы пришли, всё поняли и всё исправили за пять минут. Он сказал ещё, что он вам не нужен, что только вам мешает, а вы его терпите из жалости. Потом он оделся и ушёл из дома. Знаете, Александр, он снова плакал. Вы поверьте, он очень вас ценит и очень старается. Если у него не получается, то это не нарочно и не от лени или невнимания. Поверьте мне, он очень хороший, я так переживаю. Вот куда он сейчас пошёл?

Я услышал, что молодая женщина заплакала.

— Марина! Мариночка! Не волнуйтесь. Я Гришу очень ценю. Он отличный специалист, ответственный работник и прекрасный товарищ. Я без него совершенно не справился бы. Я его очень уважаю. Вы можете им гордиться. Скажите, он ушёл из дома… Телефон он с собой взял?

— Я не знаю, — сказала она, всхлипывая, — сейчас посмотрю. — Я услышал шаги и какие-то звуки. Она искала телефон. — Не видно. Я ему позвоню и узнаю.

— Не вздумайте ему сейчас звонить! Я ему сам позвоню. А потом позвоню вам. В любом случае позвоню. Подождите немножко и не волнуйтесь. Спасибо, что позвонили. — Я отключился.

«Господи! — подумал я. — Детский сад какой-то!»

Мне сразу вспомнились совершенно отчаянное выражение глаз Гриши, его ссутулившаяся, почти сгорбленная фигура, его попытки чего-то сказать… Оказывается, там вон что! Оказывается, ему там так плохо! И из-за чего? Из-за кого?! Из-за моей любви, из-за меня? Бедный Гриша!

Он же не знает ещё, что то, что мы с ним делаем — это фигня. Что таких, как мы… полным-полно. Мы, конечно, не самые плохие, но есть и лучше, намного лучше. Только в этом огромном городе, сколько тысяч бригад, больших и малых, строят, ремонтируют, переделывают. А сколько таких как я, архитекторов, ядрёна мать! Таких же точно, как я: суетливых, эгоистичных, амбициозных, компромиссных, недобрых… Кто я такой!?

А он-то бедный думает, что делает важное дело, боится меня подвести, не оправдать моего доверия, ответственности. Для него нет ничего важнее этого. Бедняга! Бедняга!

Я быстро нашёл и набрал его номер… «Только бы он ответил!» Я не мог ещё и этот груз таскать сегодня. Надо было поскорее с этим разобраться.

Я помню, как в школе, сидя в столовой, я подумал… Мне было лет тринадцать-четырнадцать. Я подумал, глядя на поварих, которые работали на кухне… Я стал прикидывать, сколько в нашем городе школ? Наверное, не меньше восьмидесяти. В каждой школе есть столовая, и там работает минимум четыре повара. А сколько у нас разных предприятий, каких-нибудь фабрик, заводов, сколько больших контор, больниц, автобаз и прочее, и прочее. И везде есть столовые, буфеты, какие-то маленькие кафе. И везде там работают люди, которые всю жизнь готовят невкусную еду. Они плохие повара! А когда-то же они были детьми, такими, как я (мне было тогда тринадцать-четырнадцать лет, я уже говорил). И они не думали, что станут поварами. У них есть имена, фамилии... они отдельные люди. Неповторимые! А работают плохими поварами. И, значит, кто они? Они — ПЛОХИЕ ПОВАРА! И всё! И больше ничего. А как же жизнь?

Я помню, я гордился своей фамилией. Она казалась мне гордой, редкой и благозвучной. Я полагал, что у меня должна быть особенная судьба! Когда я играл в футбол во дворе, мне всегда казалось, что обязательно должен мимо пройти какой-нибудь футбольный тренер. Он остановится, посмотрит на меня и на то, как я играю, и подумает: «Вот отличный парень, настоящий талант...» А потом он спросит кого-нибудь из мальчишек: «А кто этот парень? Тот, который... вон тот, в синей майке?» Я понимал, что моя фамилия должна прозвучать. Я не могу так же, как те люди, которые стали поварами, раствориться... Нет!

И мне казалось, что я не растворился. Я работаю в Москве. В Москве!!! Что может быть дальше? Это предел! Я здесь работаю! Я молодец! Я пишу свою фамилию на моих проектах... И что?! Я построил один хороший дом, на одной из маленьких улиц одного из подмосковных посёлков. Всё!!! А в основном я, как жук-короед, точу и точу какие-то ответвления бесконечного московского лабиринта. Таких, как я, в Москве больше, чем поваров в моём Родном городе! Только бы Гриша ответил.........

Гриша ответил.

— Алло. Я вас слушаю, — спокойным солидным голосом сказал Гриша.

— Гриша! Хорошо, что я до вас дозвонился. Это я, Александр. Ваш шеф. — Я старался говорить весело и непринужденно. — Ну-у-у? Как ваши дела, как настроение?!

— Всё нормально. Я уехал с объекта в семь. С мусором ребята почти закончили. Настроение у всех хорошее. С завтрашнего дня будем менять…

— Да Бог с ним, с объектом! Григорий, я заметил, что вы очень устали…

— Нет-нет! Я совершенно не устал! Вы простите меня, я совершенно… — сразу перебил меня он.

Я, конечно, зря сказал про усталость, не надо было ему об этом говорить.

— Нет, Гриша, это вы меня простите. Я не то хотел сказать! У меня остался неприятный осадок после сегодняшней нашей встречи…

— Я так виноват. Я просто не знал, как вам сообщить…

— Гриша-а-а! Не перебивайте меня, пожалуйста. Если кто-то и виноват, так только не вы. Это я запустил дела в последнее время. Это я обленился совершенно! Знайте, если бы не вы, Гриша, то всё бы уже рухнуло. Я очень рад, что вы со мной работаете. Я всецело вам доверяю, и, простите меня, очень злоупотребляю вашей ответственностью и порядочностью. Я вам хотел это сказать ещё раньше, но при рабочих нельзя, а в другое время как-то не получалось. Нам надо пообщаться вне работы! Как вы думаете? Вы женаты, Гриша?

— Да-а… У меня жена Маша… Ой! Марина.

— Во-о-от! Отлично! Давайте как-нибудь куда-нибудь сходим. В кино. Я тоже приглашу мою знакомую… одну. Сходим в кино, потом поужинаем. Как вы, Гриша, смотрите на такое предложение?

— Я не знаю, я спрошу у Марины.

— Бросьте, Гриша! Не стесняйтесь. Завтра же и договоримся. Познакомьте меня с вашей женой. О.К.?!

— Ладно, — сказал Гриша растерянно, но по-хорошему растерянно. Как надо растерянно. — Спасибо!

— Потом спасибо скажешь! Давай! Завтра созвонимся и договоримся! Держись! Передай привет супруге! И не бери в голову. Всё хорошо, а ты молодец! Пока! — Я чуть не сказал: «Иди домой!»

— До свидания. Спасибо большое! Я Марине передам, — он совсем замялся. — До свиданья!

Как приятно видеть и слышать счастливых людей. Как легко их иногда осчастливить, хотя бы ненадолго. «Сейчас ещё одну осчастливлю», — подумал я и позвонил Гришиной жене.........

Она обрадовалась и благодарила меня без умолку, пока я не прервал разговор.

Меня же мог спасти только один звонок и только один голос в мире. Но Она не позвонит, я знал это.

14

Пока Эрик рассказывал мне свою историю про шейный платок, пока я разговаривал с Гришиной женой и самим Гришей, кафе совершенно заполнилось. Во Москва! Даже самое неинтересное кафе, с самым скучным интерьером и стандартным набором напитков и какой-то еды, всё равно забито… вечером в пятницу. Становилось накурено и шумно. Эрик мне что-то периодически говорил, я не слушал и только кивал в ответ и улыбался, когда видел, что он закончил очередную шутку или окончательно выразил какую-то мысль. Макс должен был подъехать вот-вот.

Я услышал, что дверь за спиной в очередной раз распахнулась. Я оглянулся — зашла весёлая молодая пара. На улице, видимо, пошёл снег. На шапках и плечах у женщины и мужчины были небольшие сугробы. Они весело и шумно отряхнулись, потопали ногами, оббивая снег с обуви, потом осмотрелись, увидели, что мест свободных нет, и так же весело вышли на улицу. Я всё это видел боковым зрением. Моё внимание привлёк довольно крупный мужчина, который сидел за тем столиком, за которым раньше сидел я. Высокий, широкоплечий, волосы с заметной сединой, зачёсаны наверх и назад. Тёмно-серый свитер с глухим горлом. Хорошее, выразительное лицо. Ухоженное. Мне его лицо показалось знакомым и весьма, но я не мог вспомнить откуда. Он сидел, перед ним стояла чашка кофе, минеральная вода и пепельница. Он смотрел на стол и о чём-то напряжённо думал. Я поостерёгся привлекать его внимание и не стал его рассматривать.

Помню, когда я только приехал в Москву, в одном ресторане я увидел знакомого мне человека... Я уже был подвыпивший, обрадовался, подошёл к нему, хлопнул его по плечу, поздоровался... Он выразил полное своё недоумение... Я ему — мол, ну как же?... Оказалось, что он ведёт новости на втором канале телевидения. А я просто ещё не привык к тому, что можно встретить вот так, в жизни, людей из телевизора. В Родном городе, если знакомое лицо — значит знакомый... А тут-то Москва!!! Нужно быть поделикатнее.

Лицо этого мужчины было знакомым. Такое породистое лицо. Вполне могло случиться, что он актёр или писатель…

Я отвернулся… В смысле, повернулся обратно к стойке, слегка озадаченный. Нужно было поскорее выпить чего-нибудь. «Макс! Макс! Ну где же ты?!» — как заклинание, беззвучно сказал я.

Из-за того, что я резко повернул голову в сторону двери, а потом повернул её обратно, я почувствовал, что стены и стойка качнулись и ушли куда-то вбок. Необходимо было хоть что-нибудь съесть.

Я смотрел на свои руки, они лежали на стойке. Небольшие такие руки, ногти аккуратно подстрижены… Руки как руки. Мои руки. Я для них покупал полтора месяца назад перчатки, теперь надо покупать новые. Из-за любви, из-за усталости и рассеянности, из-за того, что чесалась и раздражала шея, из-за радости обретения синего платка я забыл в такси перчатки. Я предал свои руки. Они бессильно лежали передо мной. Да, силы в них было немного. «Не жалею я свой организм», — подумал я. Вот придёт Макс, начнём мы с ним выпивать, руки будут наливать и подносить рюмку или бокал ко рту. И я сам, и мои руки… мы знаем, что потом будет только хуже. Что лучше всего было бы поехать домой, принять душ, лечь спать и выспаться. А утром позавтракать и… сделать что-нибудь полезное для себя… Но нет. Руки мне не воспротивятся… Они нальют…

Мне такое счастье доставляло моё тело, когда я был маленьким. Оно было таким, как будто его и вовсе не было. Я тогда не думал, что можно есть, а чего нельзя, в смысле, как то, что я съел, отразится на моей фигуре или на здоровье. Моё тело могло бегать, прыгать без усталости, купаться в речке до посинения и не замерзать, засыпать в любом положении. А когда я спал, моё тело можно было носить, класть куда угодно, одевать и раздевать — я не просыпался. Оно постоянно радовало меня тем, что запросто обучалось ездить на велосипеде, кататься на коньках… И ещё оно росло!!! Оно вырастало из обуви, из штанов и курток. Я гордился им. Я любил его. А теперь я его только мучаю.

Мои руки… и весь мой организм мог спросить меня сейчас: «Ну чего ты нас мучаешь? Мы-то чем виноваты? Нам нужно от тебя немного. Нам нужно нормальное питание, регулярный сон, хотя бы иногда свежий воздух. Неплохо бы какое-нибудь подобие спорта, ну или, хотя бы, прогулки. Пешком надо иногда ходить! Ходить, не спеша куда-то, а ходить, чтобы… ходить. Ведь мы, твои органы, всё делаем, стараемся, вырабатываем волосы, ногти, пот, слюну и другие жизненные соки. Нам трудно! Мы устали от тебя. Мы не понимаем, не можем выяснить, какой орган отвечает за то, что с тобой происходит. Сердце? Нет! Оно само уже не радо! Оно, конечно, у нас, тьфу-

тьфу-тьфу, крепкое… Ну всё же объясни нам… Что случилось? Что случилось-то?»

Действительно, а что случилось? Она не смогла прийти?! Значит, действительно не смогла! Она потом всё объяснит. Она же не издевается надо мной. Нет! Она всегда очень внимательна. Она что, не чувствует, как я Её люблю? Конечно, чувствует. Такая женщина! Конечно, Она чувствует! Да Она просто знает это!

«А вдруг Она меня тоже любит!!!» — эта простая мысль так поразила меня. Я просто окаменел от такой мысли. До этой секунды я думал, что мне не важно, любит она меня или нет, что моя любовь от этого не зависит. И тут, вдруг, я понял, что может быть и Ей непросто сейчас. Может быть, Она тоже живёт последние недели в каком-то своём невыносимом состоянии, а я тут… Эгоист! Эгоист!!! Дурак, блядь! «Ну конечно, Она меня любит! Ей, может быть, хуже, чем мне. И Ей точно сложнее сейчас! А я тут…»

От этой мысли вдруг захотелось подскочить и мчаться куда-то… А куда??? К Ней, конечно!!! Но куда? От этой мысли всё внутри задрожало… Но стало легче. Стало намного легче!!!!!!!!! Какая же я сволочь! Я догадался, что ей трудно и, может быть, хуже, чем мне… И мне стало от этого радостно…

Чья-то рука легла мне на плечо. Кто-то сзади положил руку на моё плечо! Кто-то прервал мой диалог с собственным организмом и череду моих революционных мыслей и открытий. Я оглянулся.

Макс приехал!

15

Я был так рад! Я чуть было не сказал Максу, что борода ему очень к лицу. Я был готов обнять и расцеловать его! Но он не понял бы меня. Он же не знал, какая невероятная мысль пришла мне в голову, какая догадка снизошла на меня за миг до его появления.

— Ты чего тут так веселишься? — спросил Макс, отряхивая свою шапку от снега. — Я думал, тебя тут пытают. А ты тут уже развлекаешься? Не мог меня подождать?

— Макс, да ты что?! Какое веселье?

— Саня! Ты уже напился тут без меня?! Как не стыдно! Я бы так…

— Макс, перестань, — прервал я его. — Эрик, извините, скажите ему, — я указал на Макса пальцем, — что я не пил ничего…

— Кроме колы со льдом и лимоном, — быстро сказал Эрик. — Это я вам объяснял, как надо ехать? Хорошо, что вы приехали. Ваш друг тут чуть в обморок не упал. Очень грустный сидит. Я его маленько развлекаю, истории рассказываю. Теперь вы им занимайтесь. Мне его развеселить не удалось. И он пить отказывается, — Эрик подмигнул Максу и заулыбался.

— Последнее мы сейчас исправим, — моментально отреагировал Макс и подтолкнул меня под локоть. — Что будешь пить?

Перед тем как выпить, я взглянул на часы. Было десять минут десятого! Мы наконец-то выпиваем с Максом! Я думал об этом уже много часов подряд, и вот... мы выпили! Выпили коньяку! Залпом! По пятьдесят!

Коньяк пролился внутри меня, скользнул по языку и горлу... Как я хотел этого! Я ждал облегчения. Я опрокинул коньяк и выпил его с таким чувством, что где-то далеко-далеко флагман Британского Королевского флота отсалютовал, входя в базу во главе усталой после долгого похода эскадры.

Я почувствовал, что мой организм тоже рад. Коньяк, конечно, не здоровый сон, не регулярное питание и свежий воздух. Но тоже... вариант.

16

Мы выпили по пятьдесят коньяку и сразу засобирались уходить. Я больше не хотел здесь оставаться ни минуты. Макс был со мной согласен. Он ворчал, был недоволен тем, что я заставил его ехать ко мне, непонятно зачем терять драгоценное московское вечернее время, только чтобы выпить дешёвого коньяка в бессмысленном кафе. Мы препирались с Максом, когда сбоку от нас к стойке подошёл тот высокий мужчина, который сидел за столиком у входа.

— Эрик, возьмите, пожалуйста, здесь достаточно. Спасибо! — сказал он и положил на стойку деньги.

— На здоровье! Всего хорошего! — улыбаясь, сказал бармен.

Мужчина кивнул, стал разворачиваться и встретил на себе мой взгляд. Было видно, что он меня тоже узнал, удивился и растерянно кивнул мне, здороваясь. Я тоже кивнул. Он поспешно отошёл…

От Макса не укрылись наши приветствия, он тут же прижался ко мне и, косясь на высокого седого мужчину, спросил меня:

— Это что, артист какой-то известный? — зашептал он.

Мне хотелось оглянуться и ещё раз посмотреть на этого человека, но Макс и так глазел на него. Было неудобно.

— Саня, познакомь меня с известными артистами! Ты же обещал. Вот кто этот мужик? — В этот момент я услышал, как дверь за спиной хлопнула. — Артист?

— Не знаю я. Не могу вспомнить, где мы встречались. Может быть, и артист. Погоди… — я чуть повысил голос. — Эрик, мне показалось, что вы знаете того человека, который только что вышел.

— Вот этого? — Эрик ткнул пальцем в деньги, которые оставил на стойке ушедший мужчина. Я кивнул. — Не-е-ет! Я его не знаю. Он часто заходит — может, работает рядом. А меня здесь все знают, — он ткнул пальцем в табличку с надписью «Эрик» на груди.

— Понятно… — сказал я и кивнул головой.

Мы расплатились. В этот раз Макс позволил заплатить мне. Он хотел ехать в какое-нибудь многолюдное место. Ему хотелось, как он говорил, «движения». Я называл разные названия разных мест, а он спрашивал: «Сань, а это модное место?» или «Саня, а там есть запах порока?». Так и не решив, куда ехать, мы вышли на улицу. Снег шёл большими хлопьями. Падал отвесно и густо. Мы вышли, и меня накрыло первой тёплой волной. Коньяк! Коньяк подействовал. Пустой желудок и усталость ускорили и усилили эту волну. Снег! Свежесть и чистота…

Москва сразу стала светлее. Окна, фонари, огни вывесок и рекламы отразились в низком небе и в каждой снежинке. В каждой летящей и уже упавшей снежинке… «Она любит меня, — догадался я. — Я хороший человек. Меня можно любить. Господи… Я хороший».

Я хороший… Я смогу… Мне надо поехать домой, к родителям… Приехать к ним не московским гостем, не на пару вечеров, а приехать на весь август, пожить с ними на даче. Посидеть с отцом в бане. Беседовать, беседовать… Ходить с сыном на речку… Навестить бабушку, постараться не раздражаться на неё, попить с ней чаю, всё выслушать, посмотреть фотографии… Надо сходить к деду на кладбище… Не для того даже, чтобы постоять на могиле, а для того, чтобы попробовать отчётливо подумать о нём. Я не любил, когда он меня маленького ловил и тискал… Надо встретиться со всеми друзьями, сказать, что мне плохо без них…

Думая так, я достал телефон и набрал номер…

— Алё, Паскаль? Привет, это Саша, — сказал я в трубку.

— Саша́! Как хорошо, что ты позвонил. Я очень не люблю, как мы с тобой расстались. Я не правильно говорю по-русски, ты знаешь, я не успел тебе ничего объяснить. Но я понимаю, что ты не правильно смог понять…

— Паскаль! Всё в порядке. Я не обижаюсь. Наплюй! Я сам хотел тебе сказать спасибо. Ты мне очень помог. Я совершенно не справлялся в последнее время с делами, а от предложения Алёши просто не мог отказаться. Так что всё очень хорошо! Забудь!

— Саша́, это правда? Но я думаю, что ты обиделся, и правильно…

— Паскаль! Извини, давай завтра встретимся и, если хочешь, поговорим об этом. Но я думаю, что говорить больше не о чем. Всё хорошо! Будем лучше говорить о чём-нибудь другом.

— Прекрасно! Завтра, конечно…

— Всё! Я тут спешу, пока, всего хорошего!

— Пока! — Паскаль нерешительно отключился.

Макс ловил машину. Вот такси остановилось…

— Саня, куда ехать? Водитель спрашивает, куда поедем? — крикнул он мне.

— Макс, я сейчас, погоди минуту, не отпускай его, — крикнул я в ответ. Я стоял неподвижно, держал телефон в руке и набирал Её номер. Она ответила…

— Прости, я понимаю, что не должен был тебе звонить, — удивительно спокойным голосом сказал я. — Но я не смог не позвонить. Мне показалось, что мне нужно позвонить прямо сейчас, немедленно… — Она молчала. — Я очень сильно тебя люблю!!! Я не могу без тебя!.. Вот.

— Я знаю, — сказала Она.

Она сказала это… И повисла тишина. Где-то в Альпах сошло несколько снежных лавин.

— Я не знаю, что ещё говорить, — ровно, как будто одним словом, сказал я.

Она сказала, что она тоже не знает, что говорить. Сказала, что ждала… И ещё Она сказала, что теперь легче будет дождаться завтра, и попросила меня позвонить ей утром.

— Обязательно! Я целую тебя! — сказал я.

Она сказала, что она тоже… меня целует. Потом я услышал короткие гудки. Оглохший совершенно и контуженный, я шёл к такси и Максу. Снег падал отвесно…

17

Когда я подошёл к такси, я обратил внимание на машину, которая стояла припаркованная немного слева от нас. То есть, слева от Макса, меня и такси. Это была большая машина, вся засыпанная снегом. Вдруг «дворники» совершили обычный полукруг и обратно. Показалось, что автомобиль открыл глаза. Это был тот самый Мерседес. Странно, мне никогда морды «мерседесов» не казались зловещими. Самодовольными, надменными, высокомерными, сытыми, скучными и сонными казались, но зловещими никогда. По количеству снега на нём было ясно, что он стоит здесь какое-то время.

Да и пусть, решил я, наплевать, мне бояться нечего. Я решительно сел в такси. Мы будем напиваться, а он пусть себе сидит там в своём Мерседесе, как дурак.

— На Мясницкую, — *сказал я водителю.*

Макс сел вперёд, я сзади. Мне было хорошо и спокойно. Я знал заранее, что это спокойствие ненадолго, и что оно неожиданно сменится отчаянием и тоской. Но не сейчас! Не сейчас! Она сказала, что знает, что я Её люблю. Сказала, что ждала, когда я ей это скажу, попросила позвонить ей завтра! Может быть, Она сейчас не могла говорить. Да и я не мог. Всё хорошо! Всё хорошо… Мы ехали медленно. Макс обсуждал с таксистом московскую погоду и рассказывал о том, какая зима и какие морозы у нас в родных краях… «Там зима — так зима!» — говорил он…

Меня разбудил дозорный. Он потряс меня за плечо, и я проснулся. Я так и спал на дне неглубокой траншеи. Песок надуло во все складки одежды… На губах тоже был песок. Молодой солдат что-то говорил, а я даже не сразу сообразил, где я и что происходит. Потом я опёрся рукой о пулемёт, встал, отряхнул с себя песок и выслушал дозорного.

Он сказал, что разведчики вернулись. Вернулись только трое… Я весь напрягся и почувствовал, что могу раскрошить собственные зубы, так сильно я их сжал… Неужели Макс!!…

Уходили семь человек. Макс вёл их. Четыре разведчика и три диверсанта. Вернулись трое… Далее солдат сказал, что один сержант ранен, что лейтенант и уцелевший рядовой тащили его на себе. Ещё они принесли какие-то важные документы…

— Лейтенант вернулся? — спросил я.

Лейтенант вернулся невредимым! Макс вернулся! Я бросился к штабной палатке. Там, на брошенном прямо на песок брезенте, лежал раненый. Его бинтовали свежими бинтами. За столом сидели Макс и ещё один разведчик. Их обступили человек десять из моего взвода. На столе ярко горел газовый фонарь, лежали папки, тетради и открытый планшет с картой.

— А-а-а-а! Бродяга! Ты знал, что я без гостинца не вернусь, — сказал мне Макс. — Смотри, что было в коробке с этим барахлом.

Под барахлом подразумевались папки и документы, которые он с огромным трудом, риском и ценой жизни четырёх человек доставил сюда… Макс достал из мешка коробку сигар. Белая с жёлтыми углами и гранями коробка… Это аппетитнее, чем коробка конфет. Сигары!

— Макс, давай отойдём, нужно поговорить.

Мы отошли, и я как можно короче объяснил ему ситуацию. Макс очень устал и весь как-то высох за те два дня, пока его не было. Я был счастлив! Во-первых, Макс вернулся, во-вторых, я оказался прав и не зря настаивал на том, что кто-то должен остаться, в-третьих, Макс добыл какие-то важные сведения, а значит, мой взвод будет утром погибать не зря. Теперь нужно было решить, как доставить документы, карту и раненого... Точнее, как догнать отступающий батальон.

— Нет, дружище, я сейчас об этом думать не могу. Мне нужно чего-то съесть и поспать, хотя бы часок, — сказал Макс.

— Не получится. Тебе нужно выйти немедленно, до рассвета не больше полутора часов. Вам нужно успеть...

— А кто тебе сказал, что я собираюсь куда-то идти? Я доставил то, что добыл, дальше ваше дело, что с этим делать. Я устал. Мне нужно поспать.

— Макс, ты должен...

— Ты командуешь стрелковым взводом, вот и командуй! — перебил меня он. — А я — разведка. Я пошёл спать. Я устал как собака, пока ты тут прохлаждался. Я посплю, а ты пока отправь бумажки и раненого... Потом разбудишь меня, покурим сигары. Если ты не выпил свой хвалёный виски — выпьем, потом повоюем. Но теперь спать! Спать!

Он пошёл обратно к палатке, а я остался стоять. Я стоял, смотрел ему вслед и улыбался.

Машин было всё ещё много. Пятница, вечер, Москва... Все ищут, ищут чего-то!...

Стёкла в машине запотели, «дворники» работали в максимальном режиме. Я оглядывался назад и пытался найти глазами знакомые мне фары. Нет! Ничего определённого я не увидел, но почему-то был совершенно уверен, что мой преследователь едет за нами.

— Да-а! Когда минус сорок пять, это лучше, чем вот такая слякоть, как здесь, — рассказывал таксисту Макс. — Сухо, холодно! Все бациллы, вирусы вымерзли. Никакого гриппа. Красота!...

— Макс, кончай заливать, а! — вступил в разговор я. — Сколько раз за прошлую зиму было минус сорок пять? Тоже мне полярник! Не слушайте его! Вот здесь остановите, пожалуйста…

За такси заплатил я, но Макс, кажется, тоже сунул водителю денежку. Мы вышли из машины. Возле заведения было битком дорогих автомобилей. У дверей стояли люди, запорошенные снегом. Значит, мест не было. Я огляделся — длинная вереница машин медленно ползла по заснеженной улице. Моего Мерседеса я не увидел.

— А это модное место? — спросил Макс.

— Довольно модное, сам не видишь, что ли? Народ на улице стоит.

— А известные артисты сюда ходят?

— Бывает.

— Познакомишь?

— Ма-а-кс!!!

— А как мы туда попадём? А?!?

— По блату, — сказал я и стал отыскивать в бумажнике клубную карточку этого заведения.

— А порок здесь есть? — продолжал Макс.

— Вот сейчас войдём, и появится, — ответил я.

Хотя я знал, что Максу там не очень понравится. Нет-нет, Макс не любитель цыганщины и шансона. Просто мы шли в модное, а стало быть, довольно скучное заведение. Но выпить хотелось скорее! И неважно где. А Макс хотел «модного». Пожалуйста!...

Мы протиснулись между ожидающими возможности войти. Я показал карточку большому охраннику. Он внимательно посмотрел на меня, на Макса и... впустил нас. Лицо его не изменилось, он просто перестал на нас смотреть. Внутри нас встретил такой же парень... «Интересно, где для них шьют такие плохие пиджаки?» — подумал я.

Людей было не так много, как могло показаться с улицы. Звучала индийская музыка, официанты были все одеты в стилизованные индийские костюмы. У гардероба стояли и ждали очереди поменять одежду на номерок три очень красивые женщины. Макс уставился на них.

— Отлично! — сказал Макс. — Мы с тобой уже Эрнесты или просто пописать зашли?

— Не знаю, посмотрим. Но я боюсь, что меня на Эрнеста сегодня не хватит. Макс, сегодня пятница, все вышли с надеждой. Сегодня у многих есть намерение держаться до утра. Я столько не прохемингуэю.

— А тут порок найти можно?

— Ищи, Макс! Ты этот запах чувствуешь лучше меня.

Мы разделись, получили номерки. Мне достался номер 27. Он мне понравился. Я остался доволен. Хороший номер. А Максу дали номер 46 — ерунда какая-то.

Вскоре нас посадили за столик. Столик был не самый лучший, зато открывался хороший обзор.

— Видал? Саня, смотри! — Макс выпучил глаза и указал куда-то мне за спину. Я оглянулся, увидел нескольких лощёных мужчин и пару таких же женщин.

— Кого? — спросил я.

— Вот этот, в сером костюме. Это же известный... как его... Экономист, кажется... Да! Экономист или политолог.

— Макс, Бог с ними! Их много, известных.

— Не-е! Здорово! Здорово! Просто приятно знать, что мы в таком месте, куда ходят известные люди. А что мы будем пить? Давай, здесь ты заказывай.

— Хорошо, Макс. Я знаю, что заказать!

— Саня, закажи что-нибудь модное!

— Сначала крепкое, а потом модное, хорошо?

— Отлично! — Макс потирал руками колени и смотрел по сторонам блестящим взглядом.

Мы моментально выпили по пятьдесят текилы и я ещё заказал по два больших мохито*.

— А что это, мохито? — поинтересовался Макс. — Это модно?

— Модно. И давно. Тебе понравится, — успокоил я его.

Вскоре Макс разглядел за соседними столиками пару известных бизнесменов, какого-то спортсмена и актрису из телесериала. Я обменялся приветствиями с парой знакомых. Макс был доволен. Музыка звучала громко, но не очень…. Я был не то чтобы спокоен, а как бы находился между всем. То есть как бы немного отдельно от всего. Я старался заставить себя не думать, не анализировать Её последние слова.

Макс лениво листал меню. Индийские блюда и их названия веселили его. Он читал вслух странные и, в об-

---

* Название коктейля: Мохито (mojito *(исп.)* — комар). Тип коктейля: Аперитив, Long drink. Рецепт коктейля: 50 г кубинского рома, 1 барная ложка сахара, 1 веточка мяты, 20 мл сока сладкого лайма и кожуры. В стакане для лонгдринка раздавить веточку мяты с сахаром. Руками выжать в стакан сладкий лайм, кожуру положить в стакан. Наполнить стакан толчёным льдом, влить ром и перемешивать, пока стакан не запотеет. Долить содовой воды, украсить мятой и подать к столу с соломинкой. Существует миф, который вполне может быть правдой, что мохито был любимым напитком Хемингуэя. — *Примеч. автора.*

щем-то, ничего не говорящие о содержании блюд названия и смеялся. «Как старик», — подумал я про него.

— А давай курить сигары, — вдруг предложил Макс.

Я так удивился! Мне вспомнилось моё последнее видение; я уже перестал им удивляться... «Ну надо же», — подумал я.

— А цены ты видел, Макс? Мы только начинаем нашу вечеринку.

— Саня, ты опять про деньги?! Я угощаю! Вот приедешь в родные края, там будешь угощать всех, а сегодня я барин. Давай сигары покурим.

Я люблю курить сигары. Просто курить... ну... сигареты мне удалось бросить давно. Я покурил в армии, а потом бросил. На спор. Тогда я серьёзно относился к спорам. В двадцать пять лет! Конечно! А сигары стал курить недавно, уже в Москве. Нечасто! Фанатом сигар я не стал, но иногда... с удовольствием...

— Давай покурим. Почему нет?

Я тут же попросил принести нам сигары.

Нам принесли хюмидор (это ящик для хранения сигар).

Вот какой разговор у нас состоялся по поводу сигар.

Макс: Саня, а какую мне взять? Я в них не понимаю ни черта.

Я: Бери ту, которая нравится.

Макс: Мне никакие не нравятся, я же говорю, не разбираюсь я в них.

Я: Не-ет! Нравится, в смысле, внешне… ну, на вид. Та, которая улыбается тебе, ту и хватай.

Макс: А там, кубинская, не кубинская — это что, не важно, что ли?

Я: Конечно, важно. Всё важно! Но это такие дебри! В это лучше не углубляться. Одних книг про сигары столько!... Так что бери ту, которая нравится внешне, и не ошибёшься.

Макс: Вот эта. *(Макс ткнул пальцем в самую толстую и самую длинную сигару.)* Хорошая, по-моему! *(Девушка, которая держала сигары, заулыбалась.)*

Я *(тоже усмехнулся)*: Хорошая. Но ты сдохнешь от неё. Ты её за час не выкуришь.

Макс: Вот и отлично. Куда торопиться.

Я: Это самая крепкая сигара. Возьми лучше вот эту.

Макс: Ну вот! Сначала говоришь, мол, давай, выбирай сам, а потом, как всегда, сам всё мне подсовываешь. Нет уж, я возьму свою.

Я: Макс, не упрямься….

Макс: Хватит! Я беру ту, что мне понравилась. И пусть мне будет хуже.

Я: Здесь сейчас всем будет хуже от дыма… Хотя-а! *(Я махнул рукой.)* Тебе бесполезно что-либо говорить…

Макс: Вот именно! Бесполезно! Дай мне отдохнуть, пожалуйста! Саня… А ты какую выбрал?

Я *(я выбрал среднего размера и крепости сигару):* Вот эту.

Макс: А почему?

Я: Просто… Она мне нравится. *(Я отпустил девушку с сигарами.)*

Макс: На вид?

Я: Ну… Мне нравится именно эта сигара. Я уже курил такую… И мне понравилось.

Макс: А какая разница?…

Я: Разница большая! Я же говорю, тут дебри. Если всерьёз заниматься этим вопросом… В общем, целое дело.

Макс: Нет, ты просто объясни, чем она тебе нравится. Вкусная что ли?

Я: Ну-у…. Вкусная. Да, пожалуй, вкусная.

Макс: А моя, что, невкусная?

Я: Макс, да они все вкусные. Только разные… Это же понятно. Они все из разного табака, по-разному скручены, из разных мест, разной формы. Я тоже не знаток. Если всерьёз во всё это вникать…. Короче, я сказал тебе — это целое дело!

Макс: А как… вот это мне сделать? *(Макс пытался обрезать сигару.)*

185

Я: Давай-ка я сам сделаю. *(Я забрал у Макса гильотину для обрезания сигар.)* Знаешь, эти сигары, в основном, просто приятные и недешёвые игрушки. И всё, что с ними связано, — тоже приятные и дорогие мужские игрушки. Вот! *(Я показал Максу гильотину.)* Их же чёртова уйма всяких разных. Есть и такие, и сякие, и золотые… Кстати, вот ящики для сигар…

Макс: Как-то они смешно называются?

Я: Хюмидор.

Макс: Как?

Я: Хюмидор. Не путай с помидором. Они тоже бывают такие дорогие! В них должна поддерживаться определённая влажность, даже специальный прибор устанавливают для этого… Разные сигары в одном ящике хранить не рекомендуют… и прочее и прочее. И всё дорого…

Макс: Вот чёрт! *(Макс закашлялся.)*

Я: Не затягивайся.

Макс: Да знаю я! Только не получается. Машинально затягиваюсь как-то *(кашляет)*. Ядрёная!

Я: А я говорил!

Макс: Саня, а вот эту бумажку *(Макс показал на красивое бумажное кольцо, опоясывающее сигару)* нужно снимать?

Я: Вот этого я точно не знаю. Я то снимаю, то не снимаю. Делай, как нравится.

186

Макс: Как нравится?! *(Макс аккуратно снял с сигары бумажное колечко и сразу надел себе на палец. Потом вытянул руку и полюбовался тем, как получилось.)*

Я *(после небольшой паузы):* Сигары — это всё-таки вкусно!

Макс: А я не понимаю. По-моему, чистый понт. Хотя, конечно, красиво! (Он выпустил изо рта целое облако дыма.)

Я: Не-е-е! Неправильно. Хорошая сигара в правильной обстановке… Это вкусно! Эффект от неё, знаешь… ну… как от хорошей порции коньяка или виски… Конечно, не совсем так, но ощутимо.

Макс: Тогда какая разница? Выпил коньяку и всё… И быстрее и вернее.

Я: Погоди! Макс! Если так рассуждать…. Тогда зачем пить коньяк? Можно выпить просто водки — те же сорок градусов. А всё остальное — понт!

Макс: Конечно, понт! Только приятный такой, не дешёвый понт! Саня, всё — понт!!! Но мне нравится. Надо будет разобраться в сигарах.

Я: Да брось ты! Зачем тебе разбираться в сигарах? Ты что, их будешь постоянно курить? Что я, что ты… Мы с этими сигарами, как карикатуры… на самих себя. Да сколько бы ты ни прочёл этих книг про сигары, как бы ни стал в них разбираться… Ну посмотри на себя с сигарой.

Эта борода, сигара… Так в индийских фильмах изображают плохих американцев…

Макс: Да? А мне всё равно! Я бы ещё шляпу себе купил…

Я: Сомбреро себе купи лучше! Ещё смелее и бескомпромисснее…

Макс: Дурак! Мне шляпы идут, между прочим…

Я: А кому они не идут? Я сам хотел бы носить шляпу. Но это не то чтобы вызывающе или странно, а просто… как сказать?... Просто шляпы сейчас практически не носят… и значит, это будет… не нескромно, а … ну, как бы больше, чем просто носить шляпу. Больше, чем просто так! А я хочу просто носить шляпу и не думать при этом, что я в шляпе.

Макс: Как же у тебя в башке-то всё понакручено! Что ты за человек. Кошмар! *(Макс покачал головой.)* А шейные платки, значит, все носят?

Я: Платок — это подарок! И он у меня на шее вследствие обстоятельств, так…

Макс: Подарок? Тогда ты мне шляпу подари! Буду её носить и говорить, что ты подарил. И все претензии сразу не ко мне. Кстати *(Макс прищурился)*, как мой фонарик? Ей понравился?

Я: Нет, Макс…. То есть, я ей его ещё не подарил. Вот он, забери. *(Я положил фонарик на стол.)*

Макс: Да брось ты! Я порадовался, когда его покупал. Достаточно! *(Макс как-то заметно погрустнел, или, точнее, перестал быть весел.)*

Вот так мы поговорили про сигары.

— Ты меня позвал, ну… туда, — Макс махнул рукой в неопределённом направлении, подразумевая маленькое кафе на проспекте Мира, — потому что она не пришла?

— Да, Макс. Точно.

Он покивал головой. Тут принесли мохито. Макс явно удивился, увидев то, что перед ним поставили на стол. Он сунул трубочку в рот и сделал несколько глотков.

— Вкусно, — сказал он. — Без дураков, вкусно! Мне нравится, — он помолчал немного. — А ты, значит, сильно влюбился? Везёт тебе! Как ты думаешь, вон с теми можно сыграть сегодня? Давай немножко похемингуэим, а?

Макс указал на тех трёх красавиц, которых мы видели у гардероба. Это были красотки, безо всяких…. Теперь они сидели втроём за столиком и очень весело что-то обсуждали.

— Саня, скажи мне, пожалуйста, почему все девушки, когда приходят вечером куда-нибудь… ведут себя вот так? — он показал на них пальцем. — Они же нарядно одевались, крутились у зеркала… не друг для друга же?!

Они же пришли сюда познакомиться… Так? А какого чёрта они всегда сидят и делают вид, что им никто не нужен и что им и так ужасно весело. Почему, Саня?

— Макс, вопрос риторический. А с этими барышнями мы в Эрнестов играть не будем. Ничего не выйдет.

— Почему это? Я с бородой, с сигарой! Саня, если ты не хочешь, я один попробую.

— Даже не пробуй! Будет неприятно вспоминать. Эти девки ждут, и ждут не тебя. Они видели, на чём мы приехали, они сканировали, как ты одет, как себя ведёшь, как держишь сигару, за какой столик нас посадили… У тебя будет шанс с ними поболтать, только если они никого не дождутся часиков до двух. После двух — давай, пробуй.

— Саня, зря ты так. Они не профессионалки. Ты чего…

— А кто говорит, что они профессионалки?! Конечно нет! Макс, всё не так примитивно, но и не очень запутанно. Эти девки, просто… статусные такие девки… А у тебя не тот статус, и всё!

— Ерунда! Я весёлый, приятный и добрый человек. Этого уже достаточно, чтобы…

— Зато они, Макс, скучные, невесёлые и недобрые. И нечего на них тратить время, силы и деньги. Да-да! И деньги! Они не оценят. Они привыкли. Меня от них тошнит…

Зазвонил мой телефон. Я вздрогнул и пролил немного коктейля себе на грудь. Но я не выругался, я судорожно искал телефон в кармане пиджака… Позвонил Паскаль.

— Саша-а-а! А я тебе звоню, потому что я тебя люблю! — слышно было, что Паскаль звонит из очень шумного места. Он кричал в трубку и был откровенно пьян. — Приезжай к нам, пожалуйста!

— Паскаль! Как ты быстро напился, ещё час…

— Саша́! Я не слышу, — кричал он.

— Сейчас, — крикнул я в трубку. — Извини, Макс, я сейчас, — сказал я уже Максу.

Я встал из-за стола и отошёл ко входу, где музыка была тише и я никому не мешал.

— Саша́! Приезжай скорее, если ты хочешь меня увидеть и хочешь, чтобы я тебя смог узнавать, приезжай. У нас здесь весело!

— Паскаль, как ты быстро уже готов! Молодец!

— Да! Я молодец! Саша́, я тебя люблю! Я такой сволоч, а ты мой друг! Мы тут разговариваем только про тебя.

— Дружище, если ты там с Катей, будь осторожнее. Аккуратнее… Постарайся не оставаться с ней без свидетелей.

— Я понял, я стараюсь… Я поэтому пью! Приезжай скорее!

— Не-е, Паскаль! Давай завтра созвонимся. Веселись без меня.

— Хорошо! Я понял! Никому не нужен старый пьяный французский человек. Пока!

— Аккуратнее там!... Пока!

Я стоял у окна. Снег шёл уже не так густо и не хлопьями. Снежинки летели, каждая по отдельности. Возле окна ветер странным образом завихрялся, и снег летел вверх. Я минуту смотрел на это. Потом бросил взгляд просто на улицу. Знакомый Мерседес стоял на другой стороне. У него горели габариты и из выхлопной трубы шёл дым, а в салоне было темно. Сидящий или сидящие внутри грелись. «Надо это обсудить с Максом, у него мозги в этом смысле лучше соображают», — решил я и пошёл к столику.

Макса там не было. Я огляделся и увидел его возле углового столика. Он как раз целовал руку худой женщине с очень выразительным лицом и длинной сильной шеей. Она хохотала и что-то говорила Максу. Её спутник, лысый мужчина в белом обтягивающем свитере, сильно смеялся. Макс раскланялся, что-то ещё сказал, попятился, игриво помахал рукой и вернулся за столик, сияя улыбкой.

— Вот! — сказал он и положил на стол листочек бумаги, вырванный из блокнота. — Если ты не хочешь знакомить меня с известными людьми, я сам буду знакомиться.

— Что это? — спросил я, указывая на листок.

— Автограф! Я сказал, что я её поклонник. Я просил подарить мне ещё какую-нибудь личную вещь. Вот, она подарила! — он показал дешёвую пластмассовую зажигалку.

Я взял листок и прочёл: «Гоша! Всего Вам самого хорошего! Вам и Вашим друзьям!». Дальше была очень непростая подпись.

— Гоша? Это кто? Это ты, что ли, Гоша? — поинтересовался я.

— Нет! Гоша — это ты! — Макс говорил заговорщицким громким шёпотом. — Мы приехали с тобой издалека, у нас в городе есть её фан-клуб. А ты так любишь её творчество, что сам не решился к ней подойти и даже ушёл от волнения. Поэтому возьми бумажку. Это тебе.

— Дурак, — спокойно сказал я, взял бумажку, повернулся к тому столику, где сидела актриса, нашёл её взгляд, церемонно поцеловал листок и положил его во внутренний карман пиджака. Она засмеялась.

— Молодец, — похвалил меня Макс, вынул трубочку из своего стакана, взглядом приказал мне сделать то же самое, чокнулся со мной и выпил остатки коктейля, процеживая жидкость через лёд, которого в стакане было ещё много. Я повторил за ним всё в точности.

— Саня, ты пиджачок-то застегни, а то видок у тебя, как у спившегося аристократа, — шёпотом сказал Макс.

Я взглянул на свою рубашку. На ней высыхало пятно от мохито. Коктейль, конечно, был прозрачным... но всё равно неприятно. На груди виднелось тёмное коричневое пятно. Небольшое, но заметное. Наверное, я посадил его, когда сидел, прижимаясь к стойке грудью... там... в том кафе. Я застегнул пиджак. Спрятал коричневое пятно.

— Да-а-а! Обляпался, ваше благородие! — сказал я сам себе.

18

Я рассказал Максу про Мерседес. Он сразу посерьёзнел и внимательно выспросил у меня все детали. Потом мы сходили и посмотрели в окно. Мерседес стоял так же и там же. Макс подумал минуты две. Мы вернулись за столик, и он заказал ещё два мохито.

— Саня, это здорово! Приключение, мать его! Отлично! — Макс действительно был рад. — Эх! Если бы мы были дома, в смысле, на малой родине, я сейчас бы позвонил ребятам, они пробили бы его номер... Мы бы через десять минут знали, чья это машина. Но в Москве, кому звонить?...

— Главное, Макс, а как они могли найти меня на проспекте Вернадского? Я ехал туда на метро. За мной что, сто человек следят, что ли? Пойми! Кто я такой?....

— Это просто! Узнать, где у тебя объекты и сколько их — проще пареной репы. Заехать на один, другой, третий...

— У меня их два...

— Тем более!... И что значит: «Кто я такой?» Конечно, ты не враг государства и не украл деньги мафии. Если бы ты это сделал, тебя искали бы по-другому. Ты бы этого не заметил. А тут ездят на одной и той же машине и сильно не скрываются. На то, что тебя пугают, тоже не похоже. Скорее ревнивый муж.

— Она не замужем...

— Значит мужик... Какой-то мужик. Всё просто! А вот чей мужик, этого я знать не могу.

То, что говорил Макс, было логично, но странно. Мы встречались всего четыре раза. Всегда... в какое-то дневное время... В общем, не поздно и неподолгу. Может быть, Она сказала про меня... Но вряд ли. Она не стала бы сообщать моё имя, мой адрес и место работы. Если бы Она так поступила, то, наверняка, предупредила бы меня. Я поделился с Максом своими сомнениями, но признал, что его гипотеза самая продуктивная. Не зря, как только я увидел этот Мерседес, я сразу встревожился именно за Неё.

— Разберёмся, Саня! Всё хорошо! Мы сидим с тобой в модном месте, среди известных артисток, пьём! А он там курит в машине. Так ему и надо! Ему хуже, чем нам. Не бойся, сегодня всё выясним, ещё и повеселимся. Какой ты молодец! Конечно!! Модный человек, успешный, и ещё так влюбился, что за ним следят! Это супер!

— Макс, а Ей всё это ничем не угрожает?

Макс скривил губы, прищурился и подумал секунд пятнадцать.

— Да вряд ли, — наконец сказал он. — Если бы она знала или чувствовала что-то подобное, она бы предупредила тебя, ты сам сказал. И ты бы что-то уже почувствовал, если бы что-то было не так. — Макс прищурился и заулыбался. — А ты здорово влюбился, Саня! Расскажи про неё. Знаешь, как мне интересно!

— Ма-а-кс! Я ещё выпью и расскажу, а сейчас…

— Да перестань ты! Мне она сама не сильно-то интересна. Мне она заочно не очень-то нравится. Я с ней знакомиться, ну-у, фактически знакомиться, вообще не хочу. Я её твоими глазами увидеть-то не смогу. Ну что?! Увижу женщину, от которой моего друга трясёт, из-за которой он мучается. Зачем мне её видеть? Лучше ты мне про неё расскажи. Это интереснее. Мне ты интереснее! А та, которая тебя мучает, совершенно…

— Ты что? Мучает?! — не выдержал я. — Да ко мне никто и никогда с таким вниманием не относился. Она настоящая! Она такая настоящая…

— Саня, ты не понял меня! Настоящая, настоящая! Заладил! Мне настоящего не надо. — Макс говорил более чем серьёзно. — Я знаю, что такое «настоящее». И я про это слушать не хочу. Вот смотри… сижу я три дня назад на кухне. Ночью. Выпили за ужином немного. С мужиками выпили… Немного! Приехал домой, сижу на кухне один, пью чай, трезвею. И вдруг чувствую, неожиданно и очень сильно чувствую, что жизнь-то реальна, понимаешь! Жизнь — реальная штука! — Я редко видел Макса таким серьёзным. — То есть я сижу на кухне, пью чай. Вот кухонная мебель, плита, холодильник, окно, за окном темно, там ночь. Мне уже больше тридцати лет. Я реальный!!! Мне нужно утром, к десяти, поехать на встречу, обсудить цены на бетонные блоки. Мне их надо много, буду просить отдать мне их дешевле. Бетонные блоки, блядь! Понимаешь?! Они реальные. Не плохие, не хорошие, а реальные. А я сижу на кухне, пью чай. Пью кипячёную воду с сухими листьями… Саня, жизнь реальна! Я это понял и так… обломился!.. Потому что… Ну не ради ЭТОГО же всё?! Ты только не упрощай то, что я тебе сейчас сказал. Я сказал тебе, что жизнь реальна! Это не значит, что жизнь бессмысленна, что всё ерунда и мы занимаемся всякой фигнёй. Нет, Саня! Это слишком просто! А вот то, что жизнь реальна... РЕАЛЬНА! Это страшнее... Вот я и приехал... А у тебя тут слежка, любовь, Москва!!! Саня, ты даже не знаешь, какой ты счастливый.

— Я счастливый?! А жизнь реальна?! — Я сказал это вполне спокойным голосом. — Макс, почему это звучит у тебя, как упрёк мне? Я почему-то даже захотел тебе сначала возразить, что, дескать, я не счастливый. Почему-то если кто-то говорит, что, мол, ты счастливый, нужно обязательно оправдываться. Что нет, я не счастливый, или счастливый, но у меня на самом деле то и сё, и ещё чего-нибудь болит. А если мне ответят, что у них тоже болит, то я скажу, что у меня болит всё равно сильнее...

В этот момент нам принесли мохито. Мы чокнулись, кивнули друг другу и выпили по несколько глотков.

— Ну, продолжай... давай... — поторопил меня Макс.

— Так вот! Я не знаю, счастлив я или нет. Даже когда мне бывает очень хорошо, я же не знаю, счастье это или нет. Может быть, это оно самое и есть. Но я-то этого не знаю! Мне-то кажется, что, может быть, бывает ещё намного лучше. А так мне хорошо, но как-то конкретно.

Разве это счастье? Я не помню вообще, чтобы я был счастлив. Мне бывало очень хорошо, и даже очень, очень, очень хорошо. Но счастлив?.. Я помню, как я поступил в институт. Я сдавал экзамены, волновался, а до этого ходил в институт, смотрел, потом подавал документы и думал: «Неужели я буду студентом, таким же, как вот эти чудесные люди, которые сидят в аудиториях и курят в коридорах!» Мне не верилось! И вот я читаю свою фамилию в списке поступивших. Наступило такое облегчение! Я позвонил, обрадовал родителей, вышел из института на улицу и пошёл. Было лето, я купил мороженое. Я шёл, в моей жизни кончился большой этап. А впереди!… Свобода, интересные дела и люди, прекрасная жизнь! Я шёл, и мне было очень-очень-очень хорошо! Но если бы я тогда мог знать, что лучше мне в жизни уже не будет, то, может быть, я тогда мог бы быть счастлив? И теперь мог бы сказать, что я знаю, как это и что это такое.

Макс слушал очень серьёзно и внимательно. Если бы не дурацкая бородка, можно было бы сказать, что он прекрасен, такое внимательное и острое было у него лицо… в этот момент… Наши сигары погасли и мы, не сговариваясь, стали их раскуривать снова.

— Макс, вот ты говоришь, что жизнь реальна? Конечно!!! Жизнь гиперреальна! Вот я влюбился, но когда я смотрю на Неё, я же вижу Её реально. Мой взгляд не замутнён, я не как в тумане. Я вижу Её реальнее, чем кто-либо. Она очень красивая! Она такая красивая, что я даже не знаю, чего я хочу. Я Её так люблю, что ничего не могу хотеть. Но я шёл на встречу с Ней в прошлый раз и думал: «Если бы можно было держать Её за руку и разговаривать с Ней — всё! Мне больше ничего не надо. Я больше ничего не хочу. Потому что, а что может быть больше, чем сидеть рядом с Ней и держать Её за руку?» И вот мы встречаемся, сидим друг напротив друга. От моих глаз до Её глаз сантиметров пятьдесят-шестьдесят, не больше. Вот Её руки на столе… Мои тоже на столе. И, вдруг, Она касается моей руки, а потом я кладу свою руку на её руку… И мы так сидим!!! Но как только это произошло, как только моя рука легла на её руку… Прямо в эту секунду мне ЭТОГО стало недостаточно. Сразу! Видишь, ни одной секунды счастья! И стало только ещё труднее и больнее…

— Это потому, что ты влюбился, Саня! По-настоящему… А я вот не влюбляюсь, Саня! Вообще!!!

Я знал Макса уже больше десяти лет. Мы познакомились, когда я уже заканчивал институт, а он учился на третьем курсе. Нет! Он учился не со мной в одном институте. Он учился вместе с моей тогда будущей, а теперь бывшей, женой. Они учились на экономическом. Он уже успел отслужить в армии, как и я. Мы подружились сразу и сильно… Макс влюблялся постоянно и совершал в связи с этим массу экстравагантных поступков, всегда талантливых.

Вдруг к нам подошёл менеджер заведения и указал на человека, который стоял у входа в зал. Он был одет в цветную кофту и джинсы, которые были заправлены в короткие зимние сапоги.

— Господа, — сказал менеджер, — у того господина, — он указал на человека в кофте, — для вас что-то есть. Он хочет вам что-то отдать. К сожалению, он так одет, что мы попросили его подождать у вхо…

— О-о-о! — неожиданно громко сказал Макс. — Ну надо же!

Макс бросился к этому человеку, подбежал к нему, радостно пожал ему руку и увёл из поля моего зрения. Через минуту он вернулся, неся в руке свой новый портфель.

— Саня! Это таксист, который нас вёз сюда. Представляешь, я-то портфель кинул на заднее сидение и забыл. С тебя толку нет, ты сейчас можешь голову где-нибудь забыть, невменяемый… А он увидел, и, видишь, вернулся. Денег взять не захотел. Кое-как я его уговорил. Во какие люди бывают! Смотри, какой мужик! Хотя коренной москвич! А ты говоришь…

19

Удивительно! Как же так? Максу портфель вернули. Что он за человек такой? А мне перчатки не вернули. Симпатичный и очень приятный таксист, он видел, где я вышел. И ясно было, что шёл я в ресторан. Он мог бы завезти мне перчатки. Нет! А Максу портфель привезли. В чём тут дело?

Мы допили мохито, и я наотрез отказался пить ещё. Я просто не хотел больше пить, ну-у… не было жажды. К тому же я понял, что почему-то меня не берёт. Нужно было перейти на крепкие напитки, но здесь не хотелось оставаться. Оставаться смысла не было. Зачем? Вот-вот должны были добавить громкости звука. Заведение заполнялось. Конечно, ещё не подъехали сугубо ночные жители, но какой интерес наблюдать за ними? Люди, которые выходят в ночной московский рейд, очень целенаправленны. Цели, конечно, бывают самые разные, но когда у человека есть цель, он плохой компаньон для двух парней, которым за тридцать и у которых нет определённой цели на эту ночь. Им просто хочется утомить себя так, чтобы уснуть сразу и без сновидений.

— Ну-у-у, так не пойдёт, — сказал Макс и откинулся на спинку стула. — Я один не могу веселиться. Саня, я так рвался к тебе в Москву, думал, как мы тут… — Макс сжал кулаки и потряс ими, — а ты... Философствовать я мог бы и дома. Тут смотри сколько возможностей, а ты сидишь кислый.

— Только не скажи сейчас, что я зажрался, ладно?

— Конечно, зажрался. Ты представь себе, сколько людей, если бы они могли сюда попасть, были бы счастливы, что... просто сидят в таком классном месте, среди знаменитых людей. А для тебя это уже так, ничего особенного. Конечно, зажрался!

Лет пять назад я отдыхал летом в Сочи. Тогда я только начал зарабатывать и решил провести лето у моря, пригласил бывшую свою жену, чтобы она приехала с сыном. Отдых получился довольно напряжённым, но мы, то есть моя бывшая жена и я, демонстрировали сыну идеальные взаимоотношения. Те, кто наблюдал за нами, могли бы подумать, что мы чудесная неразлучная пара. А мы гордились собственной выдержкой и благородством. Внешне всё было весьма трогательно, но не случилось такого вечера, как в американских фильмах, когда после разрыва мужчина и женщина вновь встречаются, где-нибудь на побережье, проводят длинный день... Вот они где-то весело обедают и игриво бросаются друг в друга скомканными салфетками или листьями салата, потом купаются и резвятся в волнах, вслед за этим катаются на каруселях или стреляют в тире, среди музыки, вечерних огней и радости приморского городка, а потом на закате открывают бутылку шампанского в гостиничном номере, и он спрашивает шёпотом, взяв её за плечи: «Тебе не кажется, что нам стоит попробовать ещё раз… всё начать с начала?» Ну а потом… понятно!

Макс тогда приехал ко мне в Сочи. Ничего не сказал и сделал мне сюрприз…

Поздно вечером мы услышали жуткий шум и громогласную возню в коридоре гостиницы. Я сидел у телевизора и дремал, сын спал, моя бывшая лежала с ним рядом и читала. И вдруг крики, шум. Я выскочил из номера и увидел. Макс прорывался через охранников — и прорвался… Видимо, он столкнулся с сопротивлением ещё внизу, но смог пробиться и увлёк охранников за собой. На голове у него был колпак, синий, с блестящими звёздами. В одной руке он держал большую бутылку шампанского, а в другой много воздушных шаров. Шары заполнили собой всё пространство коридора. Они поминутно лопались, и их лохмотья повисли на нитках. Макс был весь красный, пьяный и очень решительный. С ним было несколько пьяных девок. Они хохотали и тоже были с какими-то элементами костюмов. Одна, например, была наряжена Красной Шапочкой. Макс обрадовался, увидев меня, а я его предал. Я отрёкся от него и даже поругал Макса. До сих пор не могу себе этого простить! Хотя меня можно понять. Я целых две недели изображал благородство… в начале августа… в Сочи! А тут влетает комета свободы и необузданности…

— Ну а куда поедем? Чего так сидеть-то? — спросил Макс. — Саня, не кисни! Я сегодня встал, если смотреть по московскому времени, часа в четыре утра. Если такая вечеринка будет и дальше, я усну. Если в Хемингуэев сегодня не играем, то дай мне тогда найти любовь. Не мешай мне. А то ты-то сейчас в угаре, на тебя сегодня надежды нет. Или давай уже пить. Просто пить! Но надо решить, что делаем. Я бы поел чего-нибудь с удовольствием, только не здесь.

Он выкурил свою сигару едва на треть. Мы попросили счёт и ещё по пятьдесят текилы. Выпили, Макс заплатил, аккуратно завернул остаток сигары в салфетку и протянул мне.

— Возьми, Сань, положи в карман пиджака.

— Я твою сигару докуривать не буду.

— А я и не предлагаю. Это моя сигара! Я её до утра буду курить. Положи её к себе в карман, а то я раздавлю её у себя. А ты аккуратный.

— Не положу. От неё весь пиджак провоняет табачищем.

— А мне её что, в руках держать, что ли?

— Макс! А портфель?

Макс хлопнул себя ладонью по лбу, взял портфель, положил сигару туда и встал, чтобы идти.

— Погоди, — остановил я его, — присядь. Давай обсудим, куда идти сейчас. Чем метаться по морозу, давай в тепле наметим маршрут.

— Давай, — Макс сразу сел.

— Чего «давай»? Надо решить, чего ты ещё хочешь.

— Саня, так тоже не пойдёт, — серьёзно сказал Макс. — Если ты вообще ничего не хочешь, давай разбежимся и ляжем спать. А то ты будешь меня сопровождать с кислой рожей, типа собаку выгуливать. Зачем мне такое веселье?

— Правильно, Макс! Извини… Хорошо… Я думаю просто, куда лучше всего можно заехать. Я бы сам хотел немного ещё выпить. Но немного! Мне утром надо быть в отличной форме. Мы договорились с ней утром созвониться. — Моё сердце скакнуло вверх и так и замерло на пару секунд от радости. Я вспомнил наш разговор по телефону. Она попросила меня позвонить ей! Она знает, что я её люблю! Сердце вернулось на место, и я смог говорить дальше. — Сейчас такое время, что вот-вот всё только начнётся. Можно успеть в какой-нибудь клуб на концерт, можно… туда, где танцуют, но там громко, а я не хочу сорвать голос, перекрикивая музыку. Можно в казино. Можно поиграть в бильярд, в боулинг…

— Саня, сейчас всего этого добра в каждой деревне полно. Казино, бильярд, боулинг! Сказал, тоже мне! Боулинг! Туда же ходят, типа это спорт и типа это полезно. Курят, пьют, а сами думают: «Мы занимаемся спортом и следим за собой». Такие лица у всех серьёзные в боулинге…. Стоит какой-нибудь боулингист, жопа и пузо как шары, ещё держит шар, сигарета в зубах, щурится, и такую позу примет, мол, сосредоточился….

— Не нравится боулинг? Наплюй. Давай в баню поедем.

— В баню? Не-е, я там усну сразу.

— Хорошо, пошли на стриптиз.

— Саня, какой стриптиз? Ты за кого меня принимаешь, я не из моря вернулся и не из тюрьмы вышел. Пошли на концерт.

— Пошли, но только немедленно. Встали и пошли.

Мы так и сделали. Было начало двенадцатого — обычное время, когда стартуют концерты в клубах по пятницам вечером. Но чаще всего они немного задерживаются. Народ клубится, ждёт… А потом выходят музыканты…

Хорошо, что Макс выбрал концерт. Я давно не был на концерте. Одно время каждую неделю ходил на какой-нибудь клубный концерт и поражался тому, как много всего происходит в Москве.

Концерт! Это здорово! Я люблю концерты…

Я люблю ходить в кино… Очень люблю, когда начинается фильм, звучит громкая и хорошо знакомая музыка, на экране красивая заставка — визитная карточка кинокомпании, потом тишина, тёмный экран, появляются буквы и звучит голос, например: «Кинокомпания "Парамаунт пикчерс" представляет…» И в зал врывается музыка и краски начинающегося фильма: Нью-Йорк весь в огнях, и летит вертолёт… Радость предвкушения переполняет всё туловище… как в детстве…

Мы подошли к гардеробу и подали номерки. В этот момент нас окликнул менеджер ресторана:

— Господа! Вы тут забыли… — он держал в вытянутой руке бордовый кожаный портфель.

20

Мы вышли на улицу. Мы покинули заведение и на наше место пустили двух молоденьких девиц и парня. Они радостно заскочили с мороза в тепло, а мы пошли по улице. Мерседес двинулся за нами.

— Действительно не скрывается. Дурак какой-то! Пошли, Саня, — сказал Макс, глядя на Мерседес.

Мы прошли ещё немного и поймали машину. Я решил, что вернее всего будет поехать в «16 тонн», старый клуб, где обязательно каждую пятницу и субботу были концерты и где можно было не бояться нарваться на что-то уж совсем юношеское. В смысле на какую-нибудь тинейджерскую музыку.

Мы снова ехали по Москве. За тот час с небольшим, который мы просидели в тепле, морозец слегка усилился, снег лениво и витиевато падал, лениво и не густо. Снегоуборочные машины уже выползли в город… Но город ещё и не думал засыпать. Москва светилась всеми огнями и шевелилась тысячами машин. До Нового года оставалось почти три недели, но уже везде виднелись признаки ожидания этого праздника. В сущности, зима только началась, снег пролежит ещё четыре месяца, а Москва уже устала от зимы… и, быть может, поэтому так отчаянно веселилась….

Мерседес преследовал нас, но я к нему как-то привык, да и Макс был со мной, я чувствовал себя в полной безопасности… спокойно себя чувствовал.

Мы кое-как пробились в клуб. Был концерт какой-то шведской группы с английским названием. Это название мне ничего не сказало, но народу было много, причём народу, который знал, на что идёт. Москва! Здесь всегда найдётся несколько сотен фанатов чего угодно.

На первом этаже клуба сидели немногочисленные любители пива и смотрели какой-то спорт по телевизору.

Все остальные ломились наверх. Мы ещё толкались внизу, когда услышали, что концерт начинается. Сначала раздались громкие крики — видимо, на сцену вышли музыканты, — а потом зазвучала музыка. Мы поспешили.

Мы не стали протискиваться поближе к сцене, а застряли в середине зала, плотно зажатые со всех сторон. На сцене стояли два совсем юных… парня. Худые, с покатыми плечами, сутулые, странные… Они оба стояли за пультами и клавишами, в зал не смотрели, не двигались в такт музыке. Нет! Было видно, что они выполняют сложную и ответственную работу. Музыка была очень мощная…. Первая… (Назвать это песней нельзя. Композиция?.. Тоже как-то не хочется. Вещь? Да какая же это вещь? Скорее произведение!) Первое произведение закончилось, и публика поприветствовала музыкантов очень тепло. Макс проорал мне на ухо, что попробует раздобыть выпивку, и стал пробиваться в сторону бара…

Один из музыкантов отошёл от своего пульта и взял в руки гитару, другой, в камуфляжных штанах, маечке со шведским флагом, с тонкой длинной шеей и маленькой коротко стриженной головой, стал говорить что-то по-английски. Публика понимала, что он говорит. Он два раза, видимо, пошутил, они два раза посмеялись. Я подумал: «Да-а, надо бы подтянуть английский, обязательно надо! А то уже только ленивый этого языка не знает».

Я изучал английский в школе и институте, но… недостаточно. За границей я говорил и даже мог полистать газету… на английском языке. Но шутки я не понял.

Я стоял, плотно зажатый молодыми людьми. В смысле, конечно, я не старый, просто люди вокруг меня были моложе… и музыканты на сцене тоже. Коротко стриженый закончил говорить и началось второе произведение. Очень красивый, мощный и низкий звук ещё сильнее спрессовал публику. Вступление было поразительно впечатляющим. Потом вступила гитара и пронзила меня в самое незащищённое место… следом вступил электронный бас и пошли ударные… «Ни хрена себе, скандинавы!» — подумал я. Мне очень нравилось! Очень сильно!.. И тут парень с длинной шеей запел… У него был слабенький, но чистый голос… Он пел прекрасно… Точнее, он пел как надо! Как мне в тот момент было надо…

Мы нашли судно Макса уже под утро… Ветер снова стал свежим, и нам приходилось работать изо всех сил… Посудина Макса доживала свои последние часы. Она сильно накренилась и просто дрейфовала, вся избитая штормом. От мачты ничего не осталось, стёкла ходовой рубки были разбиты, шлюпки, видимо, сорвало и унесло… Мы три часа, страшно рискуя и замерзая от ветра и брызг, снимали экипаж и всё самое ценное научное оборудование с обречённого судна. Макс, конечно, последним покинул умирающий корабль. У него была забинтована голова, густая борода лопатой с висящими в ней ледышками и… безумно усталые глаза.

Мы спасли всех. Двенадцать человек: восемь моряков, включая Макса, и четырёх учёных. Они были окоченевшими и смертельно уставшими. Моя команда занялась всеми, кроме Макса. Макс, едва держась на ногах, остался на мостике.

Мы легли на обратный курс. Я связался с землёй, сообщил о спасении Макса, наплевал на гордость и запросил помощь сам. С нашей машиной мы имели массу шансов не добраться… никуда. Потом Макс и я спустились в мою каюту, я достал бренди из сейфа и протянул бутылку Максу. Он молча открыл её и стал пить из горлышка. Он сделал пять изрядных глотков. Он пил бренди, как остывший чай, потом оторвался от бутылки, вытер бороду рукавом свитера и протянул бутылку мне…

— Саня, держи, — проорал мне Макс в самое ухо и протянул тяжёлый низкий стеклянный стакан.

— Что это? — спросил я про содержимое стакана.

— Виски! — Макс подмигнул мне и чокнулся со мной своим точно таким же стаканом.

— Саня! Я пойду вниз. Это не моя музыка. Я внизу тебя подожду, может быть кого-нибудь запутаю.

— Хорошо-о! Только для меня никого не путай! — проорал я. Под «запутать кого-нибудь» имелись в виду барышни…

Макс кивнул и исчез, а я вернулся к песне, которая звучала и звучала. Молодой швед пел, а я думал: «Если бы я умел сочинять песни и музыку, я сочинил бы эту песню!... И спел бы…»

Только часов через шесть мы заметили первое судно… Небольшой, но совсем новенький шведский траулер первым обнаружил нас. Мы поговорили с капитаном по радио. Моего английского вполне хватило, чтобы объяснить, что пока мы ползём, что в экстренной помощи никто из спасённых не нуждается, но я попросил сопровождать нас до ближайшего порта на всякий случай. Швед радостно согласился и пожелал нам удачи.

Я сделал три хороших глотка виски. Макс гениально придумал с виски и гениально ушёл. «Он вообще гений», — решил я.

Я очень люблю музыку. Давно. Ещё в школе, классе в седьмом я стал сильно слушать музыку. Много спорил с друзьями, настаивал на том, что самыми лучшими являются, конечно, мои любимые музыканты. Я отстаивал перед родителями своё право на свою музыку... и ещё я вытягивал у родителей деньги... на свою музыку.

Я частенько приводил домой друзей, ставил им какой-нибудь новый альбом той или иной группы. Включал свою любимую вещь, и мой бедный приятель должен был сидеть и слушать дорогие мне гитарные соло или наиболее яркие ритмические рисунки. У меня все рудиментные волоски на теле становились дыбом, и мурашки бегали по всему позвоночнику от того, что я демонстрировал любимую музыку кому-то. Моё восприятие усиливалось от того, что я даю кому-то послушать то, что мне очень и очень нравится, что я люблю. Мои бедные друзья... они страдали.

Мы из последних сил добрались до маленького шведского острова. На этом острове был только маленький рыбацкий посёлок. Нас очень тепло встретили. Мою посудину мы стали ремонтировать своими силами. Учёных и моряков, спасённых нами, шведы отправили на вертолёте на большую плавбазу, которая проходила совсем недалеко от нашего острова.

На острове был один кабачок, где собирались все местные и не местные моряки. Каждый вечер мы с Максом приходили туда, выпивали немного водки под уху из копчёного лосося с картошкой. Потом пили пиво, болтали с другими бородачами. В основном это были рыбаки: шведы, норвежцы, финны — в общем, скандинавы. Попадались иногда немецкие или голландские яхтсмены, отчаянные и непонятные мне ребята. Народу каждый вечер набивалось в кабачок много. Это было большое тёмное помещение, прокуренное и закопчённое. Длинная барная стойка, за стойкой всегда стоял хозяин, бородатый, громкоголосый, симпатичный викинг. Все курили трубки, дешёвые сигары или сигареты. Дыма было много. Говорили громко, хохотали громко, громко стучали пивными кружками и громко двигали стулья. Всё делали громко… Каждый вечер, часов в девять, на маленькую эстраду выходили четыре музыканта. Один играл на аккордеоне или гармошке, другой на гитаре, иногда он брал трубу или саксофон, третий был барабанщик, а четвёртый садился за небольшое чёрное пианино, он играл и пел. Старые микрофоны давали неповторимый звук. Музыканты играли песни из довоенных фильмов… Из «Серенады Солнечной Долины» и других любимых картин. Но в этот вечер их не было. Кто-то сказал, что пианист заболел, а без него невозможно было что-либо исполнить. Музыка не звучала в этот вечер, из-за этого был слышен ветер за окном, он свистел и напоминал всем о том, что мы на маленьком острове, здесь холодно, а вокруг тёмное море, в котором погибло столько моряков и много ещё погибнет… Без музыки почему-то вспоминались именно погибшие друзья или те, кто очень далеко. А Она была так далеко, что вынести отсутствия музыки я не мог. Просто не было сил…

Тогда я подошёл к хозяину, коротко переговорил с ним. Он кивнул и позвал своего сына, такого же, как он сам, только во всём поменьше и не седого. Парень включил мне аппаратуру, проверил микрофон, чем привлёк всеобщее внимание, и кивнул мне, мол, всё О.К. Я подошёл к пианино, открыл крышку, стоя пробежался по клавишам пальцами, сел за инструмент… Потом я заиграл и запел. Я пел без слов… То пел, то свистел. Я играл песню, которую у нас в стране знают все, а там никто. Слова были не нужны. Я пел без слов и свистел… иногда. Потом на эстраду вышел хромой барабанщик, сел за барабаны и очень вкрадчиво заиграл. Потом появились ещё два музыканта: они, оказывается, были здесь, только пили вместе со своими друзьями. Зазвучали труба и аккордеон. Музыканты не знали моей песни, но играли прекрасно. Шум в кабачке стих. Все слушали, многие плакали…

Юные шведы закончили песню, и я допил виски. Всё длилось каких-то шесть-семь минут. Чудесно действие музыки и алкоголя! Я был очень впечатлён. Я не ожидал такого сильного и чувствительного укола от этих двух юных худосочных северных людей. Всё то, что называется словами «Я сильно влюбился», снова рухнуло на меня. Я попятился к барной стойке. Мне нужно было ещё немного виски.

21

В своей рубашке, шейном платке и пиджаке я выглядел, как отвратительно плохо проинструктированный иностранный разведчик или как банковский служащий на пикнике. Очень хотелось снять пиджак, но рубашка была заляпана... Я взял ещё виски... И ещё полчаса послушал концерт, не отходя от бара. Шведы сыграли пару отличных и штук пять просто качественных танцевальных произведений. Народ затанцевал. А я почувствовал, что усталость ужасно усилилась от впечатления, которое на меня произвела понравившаяся мне песня. Алкоголь подействовал, и захотелось... перекусить. Там... на маленьком острове, в кабачке давали такую чудесную уху с копчёным лососем и картошкой!.. «Я проголодался!» — констатировал мой мозг. «Сейчас съем чего-нибудь и поеду домой», — ответил я своему мозгу и пошёл вниз искать Макса. Когда начался спуск по лестнице, я понял, что всё-таки немного пьян, но не сильно. В голове было ясно, в сердце тоже, во всём остальном чувствовалась некоторая лёгкость в сочетании с неуправляемостью. «А каким же местом я устал?» — задал я себе вопрос. «Душой, ваше благородие! Душой!» — послышался ответ.

Сначала я услышал шум, потом увидел Макса. Он и ещё четыре парня нашего возраста тесной компанией сгрудились у барной стойки и, задрав головы вверх, смотрели в телевизор. По телевизору шёл бокс, бились два больших чёрных человека, боксёры блестели от пота, а Макс был снова весь расстёгнут: пиджак был совсем расстёгнут, рубашка была расстёгнута до середины груди. Макс покраснел и заметно напился. Четыре его приятеля тоже были пьяны нормально.

— Саня!!! — заорал Макс, увидев меня. — Мы с тобой побеждаем! — Он оторвался от своей компании и подошёл ко мне. — Смотри, это наш, — он ткнул пальцем в экран. — Вот этот, здоровый. Он побеждает! Я на него поставил. А они все вот на этого...

Я не понял, на кого именно поставил Макс, боксёры оба были очень здоровые, но нужно было срочно выяснить, что именно поставил Макс.

— Макс! Ты что поставил? И кто эти твои друзья?

— Тс-с-с! — Макс приложил палец к губам. — Это хорошие ребята. Приехали из Краснодара. Тихо, Саня! Я поставил свою бороду!!!

У меня, видимо, сильно поднялись вверх брови, и Макс быстро зашептал мне на ухо:

— Я им сказал, что ношу эту бороду уже десять лет, что ничего нет для меня дороже, но если наш парень проиграет, я её сбриваю, а если выиграет, они платят за нас с тобой по полной. Они согласились, потому что я сказал, что сбрею бороду прямо здесь, в туалете.

Я с недоверием посмотрел на Макса, потом на ребят с юга, потом снова на Макса, и понял, что болею за боксёра… в общем, не за того, на которого поставил Макс.

Я подошёл к компании парней из Краснодара, познакомился со всеми и тут же забыл, как их зовут. Попытался смотреть бокс, не получилось. Там шёл седьмой раунд, и всё происходило как-то вяло. Может быть, я был недостаточно пьян или слишком влюблён?

На барной стойке стояли стаканы с пивом и тарелки с чипсами и орешками. Это то, что пили и ели Макс и компания. Я пристроился к тарелке с чипсами. Боже мой, не есть целый день, находиться в заведении, где можно заказать себе самую разнообразную еду и начать грызть чипсы! Но было вкусно. «Есть вообще вкусно!» — подумал я и понял ещё, что хочу выпить пива.

Хотя я понимал, что этого делать не нужно, причём, не нужно ни в коем случае. Будет плохо, неправильно и напрасно… Утром лицо будет… неприятное, и на это лицо будет стыдно смотреть, а наутро мне нужно хорошее лицо и чистый голос.

Но в следующую секунду я решил, что просто очень хочу пить, что маленькое пиво — это ерунда, это просто для утоления жажды, а главное — я ещё не пьян и контролирую ситуацию. Поэтому я заказал маленькое пиво и сразу же его выпил. Через минуту после того, как я допил своё пиво, боксёр, за которого болел Макс, послал противника в нокдаун. Макс хотел со мной по этому поводу чокнуться, но у меня пива уже не было… Короче, очень быстро мне в руку была вставлена свежая кружка пива, на этот раз большая… И я стал пить из неё.

— Саня, не огорчайся! — Макс подсел ко мне на соседний барный стул, обнял меня за плечи. — Ну чего ты скис? Завтра, а точнее уже сегодня, всё будет хорошо! Не грусти. Тебе что, эти ребята не нравятся? Да забудь ты про них. Нормальные ребята. Чего-то продали удачно или купили. Мудаки, конечно! Но нормальные, весёлые.

— Я больше пить не буду! — решительно сказал я.

— Конечно нет! Тебе нельзя! Тебе нужно будет за мной приглядеть. А я ещё выпью!

— Хоть бы твой боксёр поскорее уже проиграл! — заявил я и понял по тому, как я это говорил, что мне точно уже хватит.

— Почему это? Саня, это не по…

— Макс, я твою бороду видеть уже не могу!

— А я знаю! Но пусть это будет самым большим огорчением в жизни! А знаешь, Саня, какой самый грустный вид спорта в мире?

— В смысле?

— Ну самый грустный во всех смыслах!

— Для кого самый грустный? Для спортсменов или зрителей?

— Для всех! И для тех и для других.

— Бобслей!

— Ты чего такое говоришь? Бобслей — это весело!

— Тогда спортивная ходьба на большую дистанцию.

— Ты ничего не понимаешь вообще! Там много людей идёт, это раз! Во-вторых, они идут из пункта А в пункт Б, то есть, есть какое-то перемещение в пространстве, дорога, путь, смысл. И зрителям хорошо. Мимо них прошли спортсмены, они посмотрели на них две минуты и всё! Не-е-е! Другой вид спорта! Подумай.

— Не знаю, отстань, Макс!

— Самый грустный вид спорта — это женское одиночное фигурное катание! Сколько бы эта молодая и красивая женщина ни каталась по льду, сколько бы страстно ни вытягивала вперёд руки, сколько бы ни выгибалась, ни крутилась бы... всё равно никто к ней не выскочит, не обнимет! Так она и останется одна на льду. Видишь! Грустно, а ещё символично!

— Сам додумался? — спросил я Макса.

— Нет, по радио услышал. Саня! Ну кто ещё мог такую глупость придумать? Ну, конечно, сам! Только что придумал, чтобы тебя рассмешить. Неплохо, правда?

— Супер! Конечно, женское одиночное катание! Она старается, молодая, красивая, — и всё бесполезно! Точно! Вот мужское одиночное катание — это невесело, но как-то не так безнадёжно, правда. Во-первых, мужика не так жалко, во-вторых, оно как-то вообще в мужской природе заложено быть одному, а в-третьих, совершенно...

— Саня, прекрати! С тобой вообще разговаривать нельзя. Ну пошутил я, пошутил! А ты уже и начал! Ты лучше представь себе, какое сильное зрелище было бы парное мужское фигурное катание! Интересно только, они бы в одинаковых костюмах выступали или в разных...

В этот момент краснодарцы заорали! Вообще-то они оказались хорошими ребятами, только матерились чересчур много, а так...

Максов боксёр упал и больше не вставал. Краснодарские парни орали, люди в телевизоре бесновались, Макс размахивал руками, а я сидел и молча улыбался.

— Саня! Ты видел мой портфель?

— Зачем тебе?

— Там бритва у меня…

— Ты его в гардероб сдал.

— Точно! — сказал Макс и пошёл в сторону гардероба.

Он изобразил на лице такое несчастье!... Я подошёл к парням, которые смотрели ему вслед.

— Ребята! Что вы делаете?! Для него эта борода… как я не знаю что! Он же её каждый день чешет, подстригает! Куда он свои гребешки и ножницы специальные денет? Остановите его! Давайте я за всё заплачу, а бороду ему оставьте. Догоните его!

Парни растерялись…

— Да мы говорили ему, мол, брось, — сказал самый толстый и вспотевший. — А он — нет и всё. Молодец!

— Нам тоже жалко! Но если поспорили, значит поспорили, бля! Не мужики, что ли? — сказал другой.

— Твой Максим, он молодец! А мы заплатим за всё, проблемы-то нету! — сказал третий.

«Действительно мудаки, — подумал я, — но нормальные. Макс прав, как всегда. А они пусть платят!»

22

Макс вернулся минут через десять. Хорошо, что он вернулся, а то я уже не мог больше слушать краснодарцев с их южнорусским акцентом и беспрерывными обсуждениями всех женщин, которые мелькали в телевизоре или находились вокруг нас в клубе, включая официанток и менеджеров. Обсуждались их внешние данные и строились смелые предположения… как та или иная предпочитает.. и с какой что лучше делать…

Макс появился насупленный и с поникшим взглядом. Он ужасно изменился. Оказывается, я успел привыкнуть к его бороде. Он порезался в нескольких местах и приклеил на эти места кусочки туалетной бумаги. Макс покраснел и изображал горе. Но я-то видел, что он покраснел от напряжённой борьбы с нестерпимым желанием расхохотаться. Но Макс держался!

Ему сразу налили, хлопали его по плечу, точнее, по плечам, говорили ему, что он мужик и молодец… Я смотрел на Макса без бороды и… И вдруг вспомнил. Вспомнил, откуда я мог знать того высокого человека, который сидел за столиком, а потом встретился со мной взглядом… там… в кафе на проспекте Мира.

Это был тот самый мужчина, что был с Ней, тогда, летом, на новоселье… Только тогда у него была борода.

А теперь этой бороды не было… Всё сразу стало ясно… Не всё, но многое!.. Точнее, стало не ясно, а конкретно… И я почти не сомневался, что именно он сидит сейчас за рулём Мерседеса и ждёт… Конечно, возникало много других вопросов, но это были уже мелкие и, скорее, уточняющие вопросы…

Захотелось срочно позвонить Ей и всё рассказать, расспросить, предупредить. Но уже было поздно, и я был пьян. То, что поздно — это ерунда, это не так серьёзно, как второе обстоятельство. Пьяным я звонить не мог! А вот пойти и расспросить обо всём этого деятеля из Мерседеса — это можно. Только нужно было посоветоваться с Максом. Без него нельзя. В таких делах без Макса невозможно…

Я дождался, пока «обмыли» расставание с бородой. Сам пить отказался. Парни сочувствовали Максу, а он отыграл свою роль великолепно. Потом я увлёк его в сторону и вывел к гардеробу. Макс, что называется, надрался. Он держался, но его слегка вело в стороны.

— Что-то я, Саня, надрался! — сказал он.

Это был хороший признак. И редкий! Обычно Макс не сознавался в таких вещах. Чаще всего он напивался, потом коротко фонтанировал, то есть танцевал, говорил тосты, задумывал какие-то дерзкие затеи, а потом раз… и уже он спит где-то в уголке или исчезает бесследно. Доказывать ему в такой момент, что ему уже больше пить не надо, совершенно бесполезно. А тут он сам вдруг сказал!..

— Саня, ты за мной не уследил! Ты обо мне, вообще, не позаботился!… А я, между прочим, каждое твоё слово ловлю! Всё выполняю! — он выпятил вперёд свой выбритый подбородок. — Саня, поехали отсюда. Я есть хочу. Поехали… Только я сейчас…

Он направился в туалет.

Ко мне подошёл охранник.

— Вот, ваш друг оставил в туалете, — он глазами указал на уходящего Макса, а пальцем на портфель, который стоял на полке у гардероба.

Охранник сказал это с улыбкой, без раздражения и злобы. Видимо, Макс и их успел рассмешить и им запомниться… Портфель выглядел так, будто на нём попрыгали и его попинали. Может быть, так и было… Я взял портфель… и отправился за Максом в туалет.

Макс умывался. Он брызгался и фыркал, нагибался к крану, мочил голову, а потом крутил ею, как собака. Закрыв кран, он отмотал метров сто туалетной бумаги и стал вытираться. Я дождался окончания этих процедур и отдал ему портфель. Он взял его. Он сделал это, как что-то само собой разумеющееся, в общем, он не сказал спасибо, просто взял портфель и пошёл из туалета, весь взъерошенный.

А я встал к писсуару и почувствовал, что сам тоже здорово напился. Я понял это, только производя действие, требующее определённой точности. Я был пьян. «Это всё пиво!» — подумалось мне. Потом я немного умылся и посмотрел на себя в зеркало. Глаза и губы выдавали сильную степень опьянения. Я смотрел на себя и был не согласен с тем, что вижу.

Когда я вышел из туалета, Макс ждал меня… Он был свеж, причёсан и бодр. Может быть, слегка бледен, но в целом выглядел шикарно.

— Ну ты просто Феникс какой-то! — восхитился я.

— Не обзывайся! Я намного лучше! Ну-у-у?! А ты? Сдулся, Саня?

— Я сдуваюсь, Макс, отпусти меня. Мне надо поспать, — заныл я.

— Хорошо! Конечно! Только давай заедем куда-нибудь, чего-то съедим, а? Очень хочу есть. Только пусть там не будет много женщин, а то я буду отвлекаться. И ещё… пусть там будет нормальная еда. Ну… там… мясо!

— Господи! Куда же тебя везти? Макс, есть мясо на ночь вредно! Будут всю ночь сниться кошмары…

— Отлично! Я люблю фильмы ужасов, только давно в кино не ходил…

Спорить или отговаривать его было бесполезно. Я вспомнил, что на Октябрьской площади есть американский ресторанчик. Ну, такой американский вагончик с едой. Я в Америке не был, но, кажется, во всех американских фильмах герои ели или просто сидели в таких вагончиках. Там можно было круглосуточно съесть огромную полувёдерную порцию салата, гору картошки и здоровенный кусок мяса. Просто мяса. Там готовили быстро, танцев не было, а значит, это то, что надо.

— Поехали! — сказал я.

— Поехали! — сказал Макс. — Только давай проедем через центр, надо немного проветриться.

Я кивнул. Макс подошёл к двери, отделяющей фойе от зала, где остались его новые приятели. Он помахал им рукой, что-то крикнул и вернулся ко мне. Портфель был при нём.

— Хорошие парни попались, — сказал он на ходу, — отличные просто! Только мудаки…

23

Мы вышли из клуба. У входа стояли такси. Много. К нам сразу направились водители с предложениями «довезти недорого». Я поискал глазами мой Мерседес. Он был здесь. Макс пошёл было к первому попавшемуся такси, но я остановил его и рассказал ему о своей догадке.

Пришлось рассказать всю предысторию, хотя это была недлинная предыстория. Макс подумал немного.

— Видишь, Саня, я был прав! Ревнивец! Будет ездить за нами, пока не выяснит, куда ты поехал спать.

— Это понятно, но зачем он ждал предыдущую ночь у моего дома? — спросил я.

— Какой же ты дурак, Саня! Как ты ещё живёшь в Москве, я не понимаю?! … Он просто её потерял и всё. Пытался найти, думал, что она у тебя. И вообще, мы можем только гадать, что там у них творится. Тебя это не должно волновать. Если этот парень так переживает, что, потеряв стыд, гоняется за тобой по всей Москве, значит ты на коне! Не волнуйся! Говорю же, разберёмся.

— Давай сейчас подойдём и снимем напряжение.

— Саня! Ты на себя сейчас взгляни! Ты же пьяный! Куда тебе сейчас разбираться с трезвым, усталым, голодным и несчастным мужиком. Повторяю, ему сейчас намного хуже, чем нам. Если тебе его жалко, давай иди, разбирайся.

Я понял! Всё, что говорит Макс, — сущая правда. Мне стало спокойно. Я почувствовал даже жалость к этому немолодому и, очевидно, отчаявшемуся человеку. Я вспомнил, как он сидел за столиком в кафе и смотрел прямо перед собой невидящим взглядом. «Он, скорее всего, встретил меня там случайно. Когда он увидел меня, лицо его так сильно изменилось! Бедняга! Я же сам ему летом давал свою визитную карточку. Ему нелегко! И давно! А кто, интересно, тот парень, который увозил Её после открытия косметического салона? Может быть, мужик в «мерседесе» и за ним тоже следил. А что если и тот парень станет за мной следить!!! Кто он такой? Кто он для Неё! И этот, в «мерседесе», тоже?

Но я думал об этом вполне спокойно. Я понял, что меня не беспокоят Её мужчины. Были они у Неё или они есть?... И сколько их?... Обычно я очень ревнив. Особенно, когда отношения с кем-то заканчивались, и влюблённость проходила. Но ревность-то оставалась: как можно на моё место пускать другого?! Я переживал!... Но теперь ревности не было! Была невыносимая любовь!.. И мысль: «Лишь бы Ей было хорошо! Конечно, лучше бы со мной! Но если не со мной?... Пусть будет хорошо, и всё!» Но почему-то я думал, что теперь я — номер один. И от этого было спокойно...

Мы с Максом сели в машину самого суетливого водителя. Он проявил наибольшую настойчивость и больше всех набивал себе цену. Нам он не понравился, но сели мы в его машину. Уж слишком он был активен.

Я объяснил, куда ехать. Макс попросил провезти нас через центр. Садясь в машину, он сказал мне: «Чего-то я устал, Саня». Он сказал это так грустно и так... по-настоящему! Эта интонация никак не вязалась с его недавним весельем. Макс сел рядом с водителем, я сзади. Мы поехали молча. В смысле Макс и я молчали, а водитель говорил.

— Зря мы через центр едем. Дорога плохая. Снега много. Долго будем ехать. У меня резина совсем лысая, — жаловался таксист. — Зимние колёса поставить не могу, сами знаете, сколько стоит сейчас новая резина. А бензин!..

— Перестань ныть! Будешь ныть — сейчас выйдем и не заплатим. Понял, да? — очень жёстко сказал Макс. — Ты нас, значит, на лысой резине везёшь? Убить хочешь? Минус десять процентов!

— Ребята! Я же не в том…

— Помолчи, а! — прервал его Макс. — Везёшь — вези! Будешь брюзжать, выйдем, и всё. Мне тебя слушать не хочется. Думаешь, у меня жизнь простая? Ещё не хватало твоё нытьё выслушивать!

Макс говорил так резко, что мне даже стало не по себе. В его словах и интонации чётко прозвучала твёрдость, простота и жёсткость отдалённых промышленных городов и городков. Но это была справедливая жёсткость. Мне тоже противно было слушать жалобы таксиста. Он ныл из-за мизерных возможных дополнительных денег. Дурак! Не мог понять, что когда ноют и выпрашивают, добавлять деньги при расчёте не то чтобы не хочется, а противно…

Водитель заткнулся, мы ехали молча. Макс прижался головой к стеклу дверцы и смотрел на улицу. А я откинулся на заднем сиденье и закрыл глаза…

Нет! В этот раз я не оказался в траншее или на мостике корабля. Я закрыл глаза, откинулся на заднем сиденье, и тьма, которая образовалась в моём мозгу из-за того… что я закрыл глаза… Эта тьма стала вращаться, сначала медленно, потом быстрее и быстрее. «Вертолёты!» — сказал я сам себе. «А вы-то напились в жопу, ваше благородие», — прозвучал во мне трезвый и сильный голос. Он звучал из той части меня, которая не контролирует движения, выражение лица и качество произнесения слов. Он звучал оттуда, откуда я сам наблюдал за собой пьяным и удивлялся сам себе.

Вертолёты! Они настигают выпившего человека даже в самом укромном месте, даже в полной тишине и неге какого-нибудь райского уголка, они проникают в самые защищённые и скрытые частные владения. От них невозможно укрыться!

Можно сбежать от друзей с какого-нибудь банкета. Сбежать, ощущая себя полным сил, и думать, что сегодня удалось не выпить лишнего, что несколько бокалов шампанского, а потом коньяк, довольно много коньяка, но хорошего!... Это не страшно… Сбежать от всех, броситься в такси и помчаться к той, которая ждёт… Но как только откидываешься на сиденье и закрываешь глаза, тебя настигают вертолёты. Они целой эскадрильей настигают такси, зависают над ним и закруживают и тебя, и машину, и весь город… И тебя уже не дождутся сегодня нигде.

Или весной можно выпить пива с приятелями. А такой тёплый вечер, и сирень, и запахи, и бульвары! Потом поужинать в каком-то ресторане, выпить водки немного. Потом снова гулять и выпить пива. Потом повстречаться с ней и выпить того же, что пьёт она, то есть чего-то сладкого и липкого, проводить её, поцеловать на прощанье, снять с её плеч свой пиджак и пойти по бульвару пешком, а потом сесть на скамейку, чтобы с удовольствием выкурить сигарету. Но только ты сел и расслабился, только затянулся и, вдыхая дым, закрыл глаза, как из-за кустов сирени взмывают вертолёты и скамейка начинает вывинчиваться из земли против часовой стрелки…

Или приходишь домой пьяненький и усталый после долгих разговоров и… ещё разговоров. Дома тихо, чисто, прохладно. Лето! Шторы колышутся возле открытой балконной двери. Ты хвалишь себя за то, что не привёл с собой никого… Думаешь, что умоешься завтра, что завтра примешь душ; а теперь нужно немедленно лечь спать.

И ты скидываешь одежду прямо на пол и падаешь в прохладную и свежую постель… Но как только твой затылок касается подушки, в комнату, в балконную дверь, в форточку, срывая шторы, влетают вертолёты.

А если открыть глаза, то лучше не становится… Уже не становится! Глаза не удаётся долго продержать открытыми… и вертолёты проводят новый налёт… А значит, утром тебя ждёт страдание и одиночество в этом страдании.

— А за нами вон тот мерс едет всё время, — услышал я голос водителя.

— Конечно, едет, — сказал Макс, — и будет ехать. А знаешь, что у нас здесь? — Макс показал на свой портфель. — То-то же! Их за нами пять ездило, от остальных мы оторвались, а от этого отделаться не можем. Давай! Если оторвёшься, с меня двойная оплата.

— Да ладно! — спокойно ответил водитель. — Хорош врать-то! Но он правда за нами едет от самого клуба.

— Ну-у-у! А я тебе что говорю, — продолжал Макс. Так будем отрываться или нет?

— Да как от него оторвёшься?! Это же мерин! И здесь не разгуляешься, — ноющим голосом сказал водитель. — Ну попробую, хотя…

— Не надо пробовать, — сказал я.

Мы уже ехали по Большому Каменному мосту мимо Кремля.

— Давай-ка съедем на набережную, — я говорил очень слабым голосом.

— Я с вами и так уже сколько времени потерял, — чуть не заплакал таксист.

— Хорошо! Езжай, будешь сам машину отмывать, — заявил я.

— Саня, тебе плохо?! — Макс оглянулся ко мне. — Поворачивай, блядь! Чё ты плачешь-то всё время, — сказал он водителю брезгливо. — Не ссы, заплатим мы…

Мы свернули с моста направо, потом повернули под мост и выехали на набережную и остановились напротив Кремля. Я сразу вышел из машины, пересёк проезжую часть и подошёл вплотную к реке.

— Да не ссы ты, не убежим. Стой и жди! Что ж ты за мужик-то такой, — слышал я позади голос Макса. Рядом захрустел снег. Макс подошёл сзади.

— Саня, давай по старинке! Два пальца в рот…

— Погоди-погоди, Макс.

— Молчу!

Мы стояли на свежем снегу. Перед нами была замёрзшая река, а дальше возвышался красиво освещённый Кремль. Снег лежал на зубцах стены и на всех откосах и уступах башен. Надо всем этим висели, как диковинные воздушные шары, купола собора…

Было морозно. За спиной изредка проезжали машины. Мы стояли и молчали.

— Правильно, — сказал Макс, — здесь блевать не стоит.

Я молчал и даже ничего не думал. Я дышал. Вдыхал холодный воздух…

— Да-а-а! Вот, Саня, мы-то уже привыкли к этому виду. Открытки, плакаты, телевизор. С самого детства — Кремль, Кремль. А вот он! Представляешь, как должно быть удивительно на него смотреть какому-нибудь японцу или австралийцу. Саня, может быть, я дурак, но по-моему, это очень странно! — он широким жестом указал на Кремль. — Правда же, странно? Это же ни на что не похоже. Так, Саня?

— Да, Макс, это очень странная фигня! — сказал я и кивнул.

Я помню, однажды стоял на Красной площади рано утром. Народу было мало. Я смотрел на Кремль и думал, что вот он Кремль. И я его вижу не на экране телевизора в Родном городе и не на старой новогодней открытке, а вот он. К нему можно подойти и даже потрогать. И я теперь живу в Москве в каких-нибудь десяти километрах от Кремля, но это всё не помогает приблизиться к нему. Он от меня одинаково далёк… когда я стою перед ним на Красной площади или вижу его по телевизору, ну, хоть во Владивостоке. То, что происходит там, за этими стенами, так непостижимо и так далеко от меня! Это расстояние не измеримо мерами длины. Оно просто непреодолимо! Поэтому неважно, в Москве я или в Хабаровске... Кремль одинаково далёк и так же сказочен, как в детстве.

Но сейчас я был спокоен. Я смотрел на это странное во всех смыслах и во всех смыслах удивительное... (как сказать-то)... На эту странную штуку — Кремль, и был спокоен.

В последнее время я что-то не смотрел новости. И вообще не смотрел телевизор. Раньше я не то чтобы любил новости, я жить без них не мог. Каждое утро смотрел несколько новостных выпусков на разных каналах. Сравнивал, как подаются разными каналами одни и те же факты. Мне было ужасно важно знать, какие перемещения происходят в правительстве, как идёт борьба с коррупцией, каковы последствия тайфуна, обрушившегося на Сахалин, что нового в области авиаразработок, а также экология, спорт, погода. Мне всё было интересно.

А теперь стало ясно, что ничего интересного, а точнее значительного, не происходит. Нигде! Ни в мире, ни вот за этими стенами. Ничего значительного. Зачем смотреть новости, если там будут только некрасивые лица, которые будут что-то говорить, и в основном неправду.

Может быть, в новостях ещё покажут какие-то животноводческие хозяйства и, на худой конец, лесные пожары где-нибудь в Канаде. Но там, во-первых, лесов много, а во-вторых, там умеют тушить пожары. Зачем это смотреть? Ясно же, что сейчас всё происходит только со мной. Мир может отдохнуть… Сейчас я в эпицентре… точнее, эпицентр — это я и есть. Правда, случилась авиакатастрофа в Пакистане!... Но ведь я в это время ехал в аэропорт. Взаимосвязи событий часто не так легко установить…

Сзади послышался автомобильный сигнал. Это наш таксист давил на клаксон. Подгонял нас.

— Я сейчас просто его побью, — сказал Макс. — Ну что это за гнида нам попалась! — И, повысив голос, он крикнул водителю: — Ещё раз бибикнешь — и будешь мне сдавать экзамен по вождению! Понял?! Платный экзамен. — Макс снизил голос. — Что за дрянь такая! А вот, кстати, и твой. — Макс показал рукой на «мерседес», который стоял чуть поодаль.

— Ладно, поехали, — сказал я.

— Ты как?

— Нормально, пошли…

— Погоди, Саня. Извини. Это, конечно, очень вызывающе и символично, но я больше не могу, — сказал Макс и стал расстёгивать ширинку.

Мы писали на свежий снег, глядя на Кремль. Писали без пафоса и протеста. Я оставил на снегу одно глубокое отверстие, а Макс вывел какой-то замысловатый вензель.

24

Мы выехали на Якиманку и поехали быстрее. Машин было немного, все ехали быстро. Как только люди покидали центр и видели перед собой свободную и широкую прямую… все добавляли газа. Нас обгоняли с обеих сторон и летели вперёд красивые новые автомобили. Дым из выхлопных труб смешивался со снежными вихрями, которые поднимались с дороги.

— Конечно! У них столько дури под капотом! — сказал водитель.

— А тебе чего до них?! У тебя резина лысая! Езжай потихоньку, — сказал Макс.

Мы быстро приближались к Октябрьской площади, когда… грубо обогнавшая нас справа серая «ауди» сделала наглый манёвр, чтобы обогнать ещё и идущую прямо впереди нас машину… Та слегка вильнула вправо. Дальше я не понял, что произошло, но эта машина, которая вильнула… так и пошла в сторону, зацепила идущий справа старый «вольво» и, просто как пуля, пошла дальше… Водитель там, наверное, просто нажал на тормоза, а дорога была очень скользкая. Эта злосчастная машина вылетела с проезжей части, сбила рекламный стенд… В «вольво» тоже, видимо, нажали на тормоза, автомобиль закрутило, и в него тут же врезался большой белый джип. Наш водитель ушёл резко влево, нас занесло и потащило на встречную… За пару секунд до столкновения уже было ясно, что его не избежать… Фары надвигались, тот, кто был там, за рулём, делал всё, что мог…

— Ну, держись! — крикнул Макс.

Нас зацепило чуть-чуть, но удар был такой сильный, что нас развернуло на сто восемьдесят градусов и опрокинуло на бок. Я обрушился вниз, Макс рухнул на водителя, и всё замерло…

В салон такси ворвался холодный воздух. Лобовое стекло просто вылетело наружу… Мы лежали на левом боку…

— Живой? — тряхнул водителя Макс. — Саня, а ты?

Все были целы. Через какие-то секунды мы уже вылезали из машины. Тот автомобиль, который врезался в нас, стоял довольно далеко, от него к нам бежал полный дяденька и кричал: «Слава Богу! Ребята, слава Богу!». К нам бежали и с других сторон.

Макс бросился через дорогу к столкнувшимся «вольво» и джипу. Серой «ауди» не было видно.

— Уехал, сука! — сказал наш водитель, потирая плечо.

Я побежал за Максом. Левая нога немного отдавала болью в колене. А так всё было нормально. Мне показалось, что я ударился и лицом о спинку переднего сиденья, но пока ничего не чувствовал…

«Вольво» получил ужасный удар в правый бок. Страшно было смотреть. Прошли какие-то секунды. Люди, человек пять, которые подбежали к другим столкнувшимся машинам, на мгновение замерли, как бы не решаясь прикоснуться к чужой трагедии. Макс подскочил к «вольво» и рванул на себя заднюю дверь. Она открылась сразу. Стали слышны отрывистые женские крики. В это время Макс уже пытался открыть водительскую дверь. Он открыл её, но не сразу.

— Ну чё встали, как бараны?! — заорал Макс. — Звоните куда-нибудь хотя бы!

По средней полосе к нам уже мчалась милицейская машина. Она завывала сиреной и мигала огнями…

Макс наконец открыл дверцу… Оттуда ему на руки выпал молодой мужчина в синей куртке. В этот момент всё пришло в движение и все заорали одновременно. Кто-то открыл водительскую дверь джипа. Джип не пострадал вовсе. Там сидела маленькая женщина в шубке, она держала себя за голову обеими руками. На её остром лице были очки. Глаза она закрыла.

— Саня, посмотри, как там, — крикнул мне Макс и указал в сторону одиноко стоящей, врезавшейся в рекламу машины.

Как ни странно, возле неё практически никого не было. Два человека возились с дверьми. Я подбежал к ним. Автомобиль был какой-то старый, двухдверный, японский... Двери заклинило напрочь. Люди внутри копошились. За рулём сидел мужчина лет за сорок. Он ударился головой о лобовое стекло. Стекло пошло трещинами в месте удара. Ему здорово досталось. Лицо было сильно разбито, к тому же он сломал грудью руль. Женщина на переднем сидении вела себя очень хорошо, она плакала, но не паниковала.

Двери не поддавались. Стёкла не опускались. Мужчина за рулём был явно зажат.

— Прикройте лицо, мы сейчас выбьем лобовое стекло, — жестикулируя для большей ясности, крикнул людям в машине высокий мужчина в тёмном длинном пальто. Он подбежал к нам несколько секунд назад. Это был тот самый мужчина из кафе... Я бросил беглый взгляд вокруг. «Мерседес» стоял метрах в пятнадцати дальше по ходу... Дверь его была открыта, багажник тоже... В руках у моего преследователя был какой-то металлический предмет, по-моему, автомобильный домкрат. Мы всё делали очень быстро.

— Погодите! — крикнул я, и, сам не знаю почему, мигом скинул с себя пальто, схватил железяку, завернул её в пальто и ударил этим по стеклу.

Всё происходило так быстро…

Мы смогли извлечь женщину довольно легко. Она была полная. Сама почти не пострадала, только, похоже, сломала правую руку и сильно вывихнула плечо. Она была пристегнулась ремнём, а мужчина нет.

Мы положили её на снег. Сначала на снег я бросил своё пальто, а на пальто мы положили её. Она очень беспокоилась о своём муже. А его мы сами вытащить не смогли. Он потерял сознание и сильно хрипел, когда мы с ним возились, я случайно коснулся его груди, запачкался кровью и почувствовал, что грудная клетка сломана. Я почувствовал… ну-у… что она сломана совсем.

Тут подъехали сразу несколько «скорых». Забегали люди в комбинезонах. Нас тут же отстранили, оттолкнули. Я отошёл в сторону… Я вспоминал то ощущение прикосновения к разбитому, изломанному телу. Мне стало нехорошо… Звуки для меня стихли. То, что происходило вокруг, стало похоже на финал американского фильма, когда на дороге стоят много каких-то машин с мигалками…

Я отошёл еще чуть-чуть в сторону, почувствовал под рубашкой, на спине, холодный пот. Меня согнуло и стошнило. Желудок был практически пуст, только жидкость. Меня скрючило ещё раз, потом я сделал несколько шагов, упал на колени, а следом в обморок.

Вагон покачивался, колёса стучали, в купе было темно. Я сидел с закрытыми глазами, но не спал. Мой сосед по купе, капитан морской пехоты, очень худой и молчаливый человек, лежал на верхней полке и громко стонал во сне. На нижней полке, напротив моей, спал майор-артиллерист, он храпел. Я так и не научился спать, когда храпят. Я могу уснуть, когда говорят, поют, смеются вокруг. Когда гавкают собаки, мычат коровы, поют птицы — я сплю. Но когда храпят, даже за стенкой — я просыпаюсь и уже не могу уснуть. Я просыпаюсь даже от собственного храпа…

Я сидел в вагоне, наш эшелон шёл… А я устал. Я устал! Устал сам себя всё время успокаивать, что, мол, всё будет хорошо, или, точнее, уже хорошо. Устал уговаривать себя быть спокойным, добрым… стабильным. Устал говорить себе: «Погоди, разберёмся!» Чего годить? В чём разберёмся? Всё уже сложилось.

Я сидел и тихо плакал… Сам себе…

Страшный взрыв толкнул вагон, стёкла вылетели, вспышка за окном осветила всё красным. Ещё взрыв!… Поезд продолжал идти. Сразу появилось такое количество ужасно громких звуков. Взрывы, крики, стук поезда, вой пикирующих самолётов. Нас бомбили…

Я выскочил в коридор первым, за мной капитан морской пехоты. Из всех купе стали выскакивать люди… Окна почти все полопались…

— Ноги, ноги берегите! Стекло! — закричал кто-то.

В этот момент в вагоне включили свет.

— Вырубите свет, вашу мать! — заорал я. — Свет вырубай! Нас же видно как на ладони…

Я понял, что больше боюсь не того, что нас стало отлично видно с самолётов, а того, что кто-то увидит, что я плакал…

25

Я пришёл в себя, сидя в машине на заднем сидении. Дверь была открыта, и я сидел боком, то есть ноги на улице, а остальное в машине. Моё пальто было наброшено мне на плечи. Я сидел в том самом «мерседесе». Макс и мужчина в длинном пальто стояли рядом и разговаривали. Мужчина курил. Завыла сирена, и одна «скорая» сорвалась с места. Народу было уже совсем много. Подъехали даже какие-то журналисты с камерой.

— Сань! Ты как? — спросил Макс.

— Живой, — ответил я.

Я сказал и почувствовал, что губы опухли и челюсть болит. Но крови на лице не было.

— Вашего мужика увезли. Надеюсь, с ним как-то обойдётся. Женщину тоже увезли, только на другой машине. Она вообще в порядке, — сказал мне Макс.

— А вы не запомнили номер той машины, что уехала? — спросил хозяин «мерседеса».

— Нет, не обратил внимания. Серая, «ауди»… и всё, — ответил я.

— Надо же, его никто не рассмотрел! — сказал Макс. — Это же просто не человек какой-то… Там, в «вольво», парень вообще всмятку, его вырезать из машины надо, так не достать. Водитель живой, на заднем сидении две девицы, на одной ни царапинки, а у другой ноги в хлам. Кошмар, натуральный кошмар. Но удар-то был! Джип-то тяжеленный…

— Да, удар был страшный, я как раз за джипом шёл, — сказал человек в пальто, — едва увернулся. Дамочка затормозила, но куда там! Она вообще не виновата…

— Кстати, меня зовут Максим, — Макс представился и протянул руку.

— Михаил Алекс… Просто Михаил, — сказал и пожал руку Максу наш преследователь.

— А это Саша, — сказал Макс про меня.

Я кивнул.

— Я знаю, — сказал Михаил.

— Слушай, а чего ты всё время за нами ездишь, а? — спросил Макс своим неподражаемым голосом.

— На эту тему я говорить не намерен.

— Ну всё-таки странно, знаете, целый день… — с некоторым вызовом сказал Макс.

— Стоп! Я сказал, что я не намерен об этом говорить, — это было сказано резко и решительно.

В это время к нам подошёл дядька, который выскочил из того автомобиля, который столкнулся с нашим такси.

— Ребята! Как я рад, что вы живы, Господи! — он улыбался. В руке он держал бутылку. Какую-то красивую бутылку. — Мой водитель не смог увернуться. Ужас! Жена до сих пор говорить не может. А у меня сегодня день рождения. Юбилей! Представляете, седьмой десяток разменял. Поехали уже домой, а тут вон как…

— Поздравляем, — сказал Макс и пожал юбиляру руку. — А с вами, ну там… со всеми всё в порядке?

— Обошлось! Тьфу-тьфу-тьфу. Если бы сошлись лоб в лоб… Всё, ребята, сейчас бы мы с вами не разговаривали… У меня почти танк. Смотри-ка, зацепили-то вас только чуть-чуть, а вас вон как развернуло. Выглядело, как в кино.

— Да! Правда, как в кино, — покивал головой Михаил.

— Вот, братцы, возьмите, — он протянул нам бутылку. — Мне дарят, а я не пью! — Он криво улыбнулся, как будто извинялся за то, что не пьёт. — Я, братцы, своё уже выпил.

Макс из вежливости попрепирался чуть-чуть, и, в итоге, взял бутылку.

— Выпейте за удачу и за то, что нас там, — он указал пальцем в небо, — пока берегут. — И если будет не противно, выпейте и за меня. Всё-таки день рождения!

— А за кого будем пить? — спросил Макс.

— Ах, да! — Он достал из кармана визитные карточки и дал нам всем по одной. — Если чем-то буду полезен — обращайтесь. Звоните, напомните, мол, ночные знакомые с Якиманки. Пока, ребята! Моя машина на ходу, мы поедем. Счастливо!

Мы попрощались, он трусцой побежал к машине, чуть поодаль его ждал высокий крупный мужчина. Охранник или водитель, или и то и другое вместе…

— Хороший дядька, — сказал Макс. — «Правительство России», — читал он визитную карточку. — «Заместитель министра…», — Макс присвистнул и сунул карточку в карман.

С воем отъехала ещё одна «скорая».

— Пойду узнаю, как там наш гонщик. Как бы там его не повязали, — сказал Макс. — Михаил, подождёте немного, пусть Саша посидит ещё, я быстро.

— Конечно подожду, куда я без вас, — сказал Михаил и горько усмехнулся.

— Спасибо, — сказал Макс, сунул мне бутылку и побежал.

— Портфель свой забери, — слабо крикнул я ему вслед.

Возникла тишина. Вокруг, конечно, было много шума, но я ощутил тишину, точнее сказать, молчание. Михаил закурил сигарету. Я оглядел его машину. В машине было чисто, на заднем сидении лежали газеты и большая бутылка минеральной воды. Человек провёл целый день в машине и не захламил её, не засыпал сигаретным пеплом…

Мы молчали.

Из меня как будто откачали весь воздух и силы. Я сидел и совершенно ничего не чувствовал, кроме пустоты внутри. «Позвонить бы Ей», — прозвучало в голове. Хотелось Ей позвонить, ещё хотелось умыться тёплой водой и… захотелось съесть супа. Густого горячего супа.

Мы молчали…

Я поймал себя на том, что испытываю какое-то странное чувство вины перед человеком, который стоит и курит, перед этим высоким и сильным человеком, который существенно меня постарше. Я всегда испытывал что-то подобное рядом с людьми, у которых дела шли плохо, в то время как мои шли хорошо, или рядом с теми, у кого денег было откровенно меньше, чем у меня. Михаилу было точно хуже, чем мне. Он стоял и курил одну за одной и, очевидно, не чувствовал температуры окружающей среды… А я замёрз ужасно. Шарфа не было, я где-то его потерял, пальто было сырое, помятое, и его нужно было надеть… Нужно было его надеть и застегнуться, а сил не было. Я стал поправлять платок на шее и увидел, что руки в крови. В чужой крови. Рубашка была совсем испачкана… Но всё же я поднялся на ноги, зачерпнул снега и стал тереть руки. Потом надел пальто и снова сел на прежнее место.

Мы молчали…

Я стал разглядывать бутылку, которую сунул мне Макс. Коньяк. Название было мне неизвестно, но в этом названии присутствовало очевидно много лишних букв. Коньяк был, наверное, хороший. Плохой коньяк члену правительства на шестьдесят лет не подарят… Михаил продолжал курить.

— Ну всё, можно двигать отсюда, — вернувшись, сказал Макс.

«Портфель при нём», — подумал я.

— А свидетельские показания? — спросил Михаил.

— Всё уже, свидетелей достаточно, я оставил наши телефоны. Вы, если хотите — пожалуйста, а мы пойдём с Саней, — сказал Макс и подмигнул Михаилу.

Тот промолчал. Тогда Макс продолжил:

— Знаете, кто запомнил номер той «ауди»? Наш водитель! Он такой парень оказался! Слышишь, Саня? Запомнил! И говорит мне, мол, вы мне не заплатили. Я даю ему деньги, а он недоволен. Я говорю ему: «Ты же нас не довёз до места, я вообще могу тебе не платить». А он ноет, мол, машину разбили, как теперь быть? А я его спрашиваю: «Ты что, думаешь, что я тебе должен новую купить, что ли?» А он говорит, что он нас вёз, а без нас бы сюда не поехал. Логично, конечно, но каков жук, а? Ну ладно, поехали. Далеко ещё?

— Да нет, мы почти на месте, — ответил я.

— Хорошенькое «почти»! — усмехнулся Макс.

— Тут пешком, вон туда, — я показал рукой, — пять минут идти.

— Садитесь, я вас довезу, всё равно за вами ехать, так что, давайте, — сказал Михаил, — садитесь.

— Спасибо! — сказал Макс. — Это очень любезно! Саня, слышишь?!

— Да, спасибо!

— Только давайте без издевательства! — сказал Михаил. — Садитесь, говорю. Куда ехать?

— Туда, к американскому ресторану. Знаете?… — сказал я.

— Знаю, — ответил он. — Господи, что я делаю? Это же бред! Бред! — тихо, но отчаянно горько сказал он.

Мы поехали молча. Езды действительно было две минуты. Он подвёз нас к ресторану и остановился. Мы сидели с Максом, не выходили и не знали, как себя вести.

— Пойдёмте с нами, кофейку выпьем, — сказал наконец Макс. — А то чего здесь сидеть, всё-таки не так…

— Не пойду, не зовите…

— Ну всё-таки, действительно, — сказал я, — пойдёмте, просто как-то неудобно. Если…

— Прошу вас, — перебил он меня, — не разговаривайте со мной! Я не могу с вами говорить. Я очень устал и могу сорваться. Давайте не будем делать ситуацию глупее и нелепее, чем она есть! Помолчите, пожалуйста!

— Ладно, — сказал Макс. — Но мы собираемся перекусить, может быть, вы...?

— Делайте что хотите, забудьте про меня, Бога ради.

— Но, извините, — всё же сказал я, — как можно забыть, когда вы всё время преследуете…

— Замолчите! — закричал он. — Хватит! Я вас подвёз? Всё! Выходите из моей машины! Убирайтесь отсюда!

Мы немедленно вышли. Макс пожал плечами. У него был в руке портфель, у меня бутылка. Мы шагнули к ресторану. «Мерседес» остался на месте.

26

— Простите, но к нам со своим спиртным входить нельзя, — сказала девушка, которая встречала гостей у входа, — это запрещено.

— А мы не будем… — начал было я, но Макс перебил меня.

— Милая, вы слышали, что вон там, недалеко, — Макс неопределённо махнул рукой, — только что была серьёзная авария?

— Да, кто-то из посетителей сказал. Вот, совсем недавно, — девушка была юная. Макс наклонился к ней и прочёл, что у неё написано на табличке, висевшей на груди. Она слегка попятилась.

— Елена, — прочёл вслух Макс. — Леночка! Представляете, мы пострадавшие с той аварии. Мы в Москве только с утра, так устали, а тут бац! Ужасный стресс! Но Москва такой город, Леночка! Вы москвичка?

— Да.

— Коренная?

— Я здесь родилась!

— Вот!!! Видите, как вам повезло! А мы только приехали и сразу попали в аварию! Но примчались милиционеры и врачи и нам выдали вот эту бутылку. Сказали, чтобы обязательно выпили её, это снимет стресс и ускорит… Как они, Сань, сказали? «Это ускорит реабилитацию после шока!» Во как! Разве мы можем ослушаться милиционеров и врачей? Мы гости столицы! Леночка, посмотрите, какой отличный коньяк выдают в Москве пострадавшим.

— Я у менеджера спрошу, — сказала полностью сбитая с толку девушка.

— Леночка! Мы пройдём? Бутылку спрячем. Мы правда с аварии, — сказал я. — Нам нужно умыться и поесть. Хорошо?

— Да-да, конечно! Проходите, вот тут вам будет удобно, — сказала она так, как её выучили говорить.

Я долго умывался тёплой водой. Сначала я некоторое время рассматривал своё лицо в зеркале. Я сильно ударился о подголовник переднего сидения, хотя не помнил этого. Правая скула опухла и губы тоже, челюсть двигалась не без боли. Волосы… в общем, очевидно нужно было мыть голову. Если бы не подстригся, было бы совсем страшно смотреть. На лбу как будто образовалась лишняя кожа, такие глубокие складки появились там. Щетина уже повылезла. Как организм вырабатывает вот это?! Причём, я помню, удивлялся в армии тому, что чем тяжелее были условия или какие-то напряжённые дни, тем быстрее росла борода и ногти. Хотя, наверное, мне это казалось, просто время пролетало быстрее... А может быть, и действительно так...

Я отмывал руки от остатков крови. Вода окрасилась розовым. «Как в кино», — подумал я. Вот так же убийцы смывают с рук чужую кровь. Заходят в ресторан, потом идут в туалет и смывают...

Надо же, как только происходит что-то не очень обычное или сильно необычное, сразу думаешь: «Как в кино».

Рубашку просто хотелось снять и бросить. На ней запеклись какие-то пятна, я за день уже десять раз потел, а следом высыхал. Платочек на шее как-то весь скрутился, чуть ли не в верёвочку. Я умылся и вернулся в зал ресторана. Макс сидел за столиком, положив голову на упёртые локтями в стол руки. Он закрыл глаза. Было видно, как он устал...

— Сходи умойся, Макс. Будет полегче. И поедем ко мне. Надо поспать.

— Конечно-конечно. Сейчас пойду умоюсь, конечно, — забормотал Макс, открыв глаза, но вставать он не собирался. — Саня, представляешь, тот парень, на переднем сидении... Ну, который в «вольво»... Он погиб, наверное, сразу. Тело всё вообще изломало, а лицо целое, гладкое. Глаза закрыты. Наверное, он от испуга зажмурился, и выражение лица такое… Даже не страх, а как бы нежелание, мол, «не хочу!».

После этих слов Макс взял бутылку, она стояла рядом с ним на соседнем стуле. Бутылка была открыта, и уровень жидкости в ней был уже понижен. Макс сделал хороший глоток из горлышка, сморщился и протянул бутылку мне. Я отрицательно помотал головой.

— А мужика-то здорово трясёт, — продолжал Макс, махнув рукой в сторону оставшегося на улице «мерседеса», — прямо трясом трясёт. Не дай Бог! Ужас!

— Макс, ну так тоже не дело. Безумие какое-то, гоняться по городу!... Надо как-то стараться держаться….

— Саня, блядь! Откуда ты знаешь, чего ему надо, а чего не надо? Ты представляешь, в каком он аду сейчас? Чтобы до такого дойти, чтобы вот так. Ему же стыдно! Ты чё, не видел, что ли? А он мужик-то не слабак! В обмороки не падал….

— Слабак — не слабак, а то, что он гоняется за мной весь день — это истерика, Макс! Нечего истерики закатывать, если он мужик. Мне его не жалко! Устроил цирк, понимаешь! Детектив сраный… Мне его не жалко!

— А меня?!

— Чего — тебя?!

— Меня тебе жалко, Саня?! Думаешь, чего я приехал? Вот так взял и приехал без дел? Напиться и погулять? Да, Сань, напиться и погулять, конечно! — лицо Макса как-то обвисло, углы глаз от этого опустились вниз, и от этого его глаза стали, как у собаки. Как у старого грустного матёрого кобеля.

В это время к нам подошла официантка и принесла меню. Я попросил принести чай с лимоном сразу. В ресторане народ всё-таки был. Но немного. Ночь…

— Саня… от меня жена ушла, — сказал Макс, когда официантка отошла. Он ещё не успел договорить этой фразы, как у него задёргался подбородок.

Он сказал и сразу поднёс бутылку ко рту. Макс дважды судорожно глотнул и закашлялся, забрызгал коньяком стол перед собой. На глазах у него появились большие слёзы. Он заплакал, но без вздрагиваний и всхлипываний. Он заплакал одними глазами. — Ушла, Саня… И знаешь, ушла не к кому-то, а от меня. Понимаешь?! Ушла от меня!!… А как мне теперь жить? Я там, в нашем городе, находиться не могу. Для меня всё закончилось. Всё! — Макс стремительно пьянел. — Только ты не подумай, что мне стыдно там жить, что я боюсь сплетен, что все узнают, что от меня ушла жена. Конечно, узнают! Да я не боюсь этого. Это вообще неважно! Какая разница теперь? — он выпил ещё глоток. — Жизнь закончилась, Саня! Вот у меня не было жены! Раньше не было… Потом я женился, а теперь она ушла! Снова нет жены. Всё! Круг замкнулся!

Нам принесли чай в чайнике и две большие чашки. Я сказал, что мы пока не решили, чего хотим. Пока официантка не ушла, Макс сидел, отвернувшись к тёмному окну.

— Конечно! — Макс ладонью вытер глаза и сжал руку в кулак, — я же подонок. Я знаю. Всё правильно. Я даже не удивился. Она так спокойно ушла, без ругани. Мы раньше ругались, а тут она так ушла, что было ясно — останавливать бесполезно. Я сам хотел уйти. Сказал, что оставляю ей всё. А она усмехнулась и ушла. Она так на меня посмотрела, Саня! Это всё!!! Она посмотрела на меня, как врач посмотрел на того мёртвого парня в машине. Как бы с сожалением, пониманием и, типа… приговорил. Посмотрел, всё понял и отвернулся. И тут даже ничего не надо спрашивать, мол, какие дела, доктор?

Я налил чаю Максу и себе, бросил в чашки ломтики лимона, слушал Макса и смотрел, как чай светлеет от действия лимонной кислоты.

— Она ушла, Саня, потому, что от меня уже нечего ждать. Ну, действительно. Со мной же всё ясно. И мне тоже уже ясно, — Макс громко отхлебнул чаю, обжёгся, сморщился, но продолжил. — Я её сильно не любил. Нет. Не любил… А она меня любила, Саня. Вот так-то. Мне казалось, что я без неё спокойно могу. Ну-у-у… могу жить без неё. И видишь? Могу! Но это уже не та жизнь. Я понял, Саня! Я теперь жизнь начал доживать! Настоящая жизнь закончилась, а теперь началось умирание…

— Макс, брось ты, не передёргивай…

— Саня, передёргивай — не передёргивай, а всё просто. Жил я без неё, потом жил с ней, а теперь снова без неё. А без неё — это уже у меня было. А если что-то повторяется, это не то, что не интересно, это не жизнь, Саня! Не жизнь!!! Это доживание!..

Макс стал снова пить чай. Его пьяные губы плохо слушались, он громко втягивал в себя воздух вместе с чаем и громко выдыхал после глотка. Я тоже стал пить свой… Я не знал, что сказать, мне сказать было нечего. Я просто сидел, видел то, что видел, слышал то, что слышал, и всё. В тот момент у меня не было сил участвовать в жизни, которая вокруг меня. Я понимал, что мне нужно просто сидеть и слушать моего друга. И больше ничего я сделать не могу.

— Саня, мне часто снится такой сон, что меня снова забирают в армию. Странная такая хрень! Вот как будто меня сегодняшнего раз — и забрали… и везут. А я даже этому не удивляюсь, только думаю, как сообщить жене, родителям. А ещё думаю: надо, когда привезут служить, сказать, что я-то уже не новичок, что я уже, ну… служил. Мне так всегда жутко было от этих снов. Просыпался и радовался тому, что проснулся. А сейчас я бы с удовольствием снова в армию. Хоть куда… Саня, я как остался дома один, так чуть… Ладно, пойду, умоюсь…

Он встал, потом потянулся за бутылкой, выпил ещё немного стоя, поставил бутылку на стол и пошёл в туалет.

— Немедленно уберите это со стола, — услышал я резкий женский голос. Я поднял глаза и увидел молодую женщину в тёмном костюме. — Или мне позвать охрану?

— Простите. Конечно, мы не правы, но человеку действительно очень плохо, — сказал я тихо и медленно. — Мы только что чуть не разбились на машине, а у моего друга практически на руках умер человек. Я уберу бутылку. Мы больше не будем.

— Вы просто её так откровенно не демонстрируйте, пожалуйста. У нас здесь камеры. Руководство будет недовольно, — смягчаясь, сказала она.

— Конечно! Спасибо большое! Извините нас, мы скоро уйдём. А можно мне супа? Какой у вас есть?

— Всё в меню, я сейчас пришлю официанта.

— Простите, я прочитать ничего не смогу, — совершенно честно сказал я. — Подскажите, пожалуйста.

— Есть французский луковый суп, есть грибной суп-пюре и борщ.

— Борщ? Но это же американский ресторан!?

— Это американский ресторан в России! — ответила она так, что было ясно — ей приходится часто отвечать на этот вопрос.

— Борщ!!! Принесите два, пожалуйста. А вы правда думаете, что в такой час руководство смотрит, что здесь происходит?

На часах было три ноль пять. Я удивился, мне казалось, что должно быть больше.

— Они потом записи просматривают, — улыбнулась она. — Всё записывается.

— Вот это сериал! Здорово! Интересные люди, должно быть, ваши руководители.

— Значит, два борща? — сказала она, улыбаясь веселее. — А пить?

— Колы со льдом и лимоном. Льда, пожалуйста, побольше, а трубочку совсем не…

У меня зазвучал телефон. Его звук шёл откуда-то из глубины кармана. Мне показалось, что я уже забыл про этот предмет. Телефон! Где же он? Я сунул руку в левый карман пиджака и наткнулся на что-то острое. Я вынул разбитый фонарик. Я, видимо, навалился на него там, в машине, когда мы перевернулись. В кармане остались ещё осколки. Я положил фонарик на стол, а порезанный палец сунул в рот. Правой рукой я достал из… правого кармана телефон. Звонила Она!!!

27

На моём телефоне определился её номер! Это звонила Она!!!

28

Мне сложно дать определение тому, что я пережил, я также не могу передать в точности наш разговор…

— Алё, — сказал я и почему-то встал.

Дальше я разговаривал стоя.

Она говорила усталым, чуть треснувшим голосом. В этом голосе было столько тепла… Она говорила довольно быстро. Наверное, подготовилась к разговору…

Она спросила не разбудила ли меня, но сама тут же сказала, что, очевидно, не разбудила, потому что слышит музыку.

— Я в ресторане сейчас, — ответил я. — Мы с Максимом в ресторане.

Она спросила, не случилось ли со мной чего-нибудь ужасного.

А я спросил, почему она меня об этом спрашивает.

Она ответила, что не могла уснуть после моего звонка. А недавно почувствовала такое сильное беспокойство за меня, что решила позвонить и узнать, что случилось. Сказала, что решила — если меня разбудит, то я её прощу….

Я сказал, что всё в порядке, что я весь вечер сопровождаю Максима по разным местам Москвы. Что мы действительно, какое-то короткое время назад столкнулись с хулиганами, мне немного досталось по физиономии, но всё обошлось, она сможет в этом убедиться при встрече.

Она спросила… Быстро спросила, когда будет эта встреча. Я сказал, что я готов всегда….

Она взволнованно и прекрасно сказала… что если это возможно, она приедет ко мне немедленно, или я могу приехать к ней, у неё рядом с домом есть какое-то круглосуточное заведение, она там ни разу не была, но кажется, что там прилично.

Я секунды три не мог ничего ответить.

Тогда она продолжила. Она сказала, что после моего звонка она хочет только одного — поговорить. Точнее,

Она сказала, что хочет говорить. Не поговорить, а говорить… И если мне не трудно, и если это возможно… она хотела бы это сделать сейчас.

Она говорила, а я посмотрел на свою рубашку, потрогал левой рукой своё лицо, повернул голову и посмотрел на улицу, где на парковке, под фонарём стоял «мерседес»… Я подумал про Макса, который в туалете, наверное, плакал в этот момент… Я ещё раз взглянул на свою рубашку…

Не знаю, как у меня повернулся язык сказать то, что я сказал в следующий момент. Просто ума не приложу. Я сказал, что сам сейчас приехать никак не могу. Что мой друг Максим ужасно напился, что те хулиганы, про которых я ей говорил, всё-таки смогли отобрать у него портфель, где были все деньги и документы. Сказал, что не могу его бросить сейчас, что мы зашли в ресторан только потому, что Максиму стало плохо и он теперь в туалете. Но она беспокоится напрасно, и к нам сейчас тоже ехать не стоит. Я уже собираюсь везти Максима домой.

Она слушала тихо-тихо! Потом сказала, что если деньги были в портфеле, то их, наверное, было много.

Я сказал, что, действительно, довольно много.

Потом мне удалось как-то пошутить. Она тихо посмеялась… невесело.

Она попросила позвонить ей, как только я доберусь до дома, и она тогда перестанет тревожиться. Я пообещал…

Вот так!!! Ничего ужаснее и вероломнее я в своей жизни не совершал. Я сел на место и уставился на телефон. Потом взял бутылку и, не скрываясь, отпил хороший глоток….

29

Макс вернулся и сел напротив меня. Волосы у него были мокрые, он пригладил их на бок. Лицо его совсем побледнело, он, видимо, умывался холодной водой.

— О-о! У нас тоже потери, — сказал Макс, указав взглядом на разбитый фонарик. — Саня, что с тобой ещё? Тебя даже на минуту оставить нельзя. Что случилось? Не переживай ты так! Я знаю, где продаются такие же…

Я ничего не ответил, я так и сидел. Я не знал, что говорить и что делать. Благо, что принесли борщ.

— Борщ!? — удивился Макс. — Надо же! Саня, неужели это ты заказал? Гениально! Оказывается, ты тоже на что-то годишься и что-то понимаешь в этой жизни… Саня, что с тобой?!

Я молчал. Я взял перец и стал сыпать его в борщ. Делал я это скорее по привычке, чем из желания улучшить вкус... Макс дождался, когда я закончу, забрал у меня перец и сделал то же самое.

— А сметана?!! — громко сказал он куда-то вдаль. — Без сметаны никак нельзя, милая, — сказал он девушке, которая принесла нам сметану. — Саня, коньяк к борщу — это, конечно, не по-человечески, но...

Он отпил коньяку из бутылки, слегка наклонившись, чтобы это не выглядело вызывающе. Отдал мне бутылку. Я сделал один глоток... Макс, скривившись, ждал меня.

Мы стали есть борщ одновременно. Борщ был горячий, хорошо приготовленный, настоявшийся и с ясным привкусом чеснока.

— Помню, мне бабушка всегда говорила, что борщ нужен для крови, — пытался расшевелить меня Макс. — И я старался съесть его побольше, думал, что нужно много крови, что чем её больше, тем лучше.

В ресторане негромко звучали старые американские песни, по стенам висели фотографии и картинки машин, женщин и артистов пятидесятых годов. Вот это были люди! Вот это были машины! А мы ели борщ.

Мы доели его. И надо было идти. Всё! Нужно было уже точно идти... спать.

— Вот, Саня, теперь думаю перебираться в Москву. Хотел с тобой посоветоваться на эту тему. Как думаешь, стоит мне попробовать?

— Макс, дело твоё. Ты же уже решил? Правильно?!

— Нет, неправильно, я ещё ничего не решил…

— Тебе только так кажется, что не решил. На самом деле, если ты об этом заговорил — всё, скоро будешь здесь.

— А ты считаешь, что не надо?

— Макс, я же говорю, дело твоё. Отговаривать тебя не буду. Только, пока ты не сорвался, запомни: там, дома, у тебя есть ощущение, что всегда можно уехать… и есть направление, куда ехать. А тут этого ощущения не будет. Отсюда ехать некуда! А в остальном?... Без сомнений, можешь ехать. Только здесь предел, Макс…

— Понятно! Здесь предел, а там одиночество. Представляешь, я там почти всех знаю, полгорода знакомых. И именно от этого так одиноко!

— Здесь, Макс, одиночество такое!!! Тебе такое и не снилось! Чем больше город, тем сильнее одиночество. А это же самый большой город, — сказал я и покачал головой. — Он для меня слишком большой, Макс! Слишком! Я-то думал, что здесь уже прижился, разобрался… А вот тут влюбился!... Это такое чудо, Макс! Город же невозможный, ужасный город. Он такой большой! И очевидно, что мы с Ней не должны были здесь встретиться! Вероятность встречи близка нулю. Почти ноль! А вот случилось! И из-за того, что это случилось здесь, в этом огромном городе, — это такое чудо… А я не справляюсь. Сил у меня не хватает… Здесь всё слишком!

— Зато, Саня, здесь время бежит быстрее, чем в родных краях. Значит, быстрее всё пройдёт, быстрее устаканится. Я тоже хочу сюда переехать, чтобы побыстрее… ну… Короче, чтобы побыстрее отболело. Не переживай, время работает на тебя.

— Если бы! Макс, кто я такой, чтобы время работало на меня!? Кто я такой?! Ты меня не спрашивай ни о чём, пожалуйста. Кто я такой, чтобы тебе что-то советовать?! Только знаешь, Макс, здесь с этим можно жить.

— С чем, Саня?

— С тем, что я понял, что я никто… Погоди, — попросил я Макса. — Девушка! Можно сделать музыку громче?

— Извините, нельзя!

— Ночь, девушка. Нет же почти никого!

— Простите, нам не разрешают. Я не могу…

— Понял, извините! — Я встал и пошёл ближе к источнику звука. Звучала песня, которая была мне сейчас нужна. Я даже знал слова этой песни по-английски. Я понимал припев и почти все слова… «Возьми мою руку, возьми всю мою жизнь за то, что я смогу сказать…» Я подошёл к колонке и встал. Конечно, я был пьян, нога болела, и усталость пересекла пределы допустимого, но я подошёл твёрдо и стоял прямо…

Макс тоже подошёл. Он встал слева и слушал. Мои глаза наполнились слезами, от этого все очертания и лучи электрического света поплыли.

— Макс, спасибо, что ты приехал! Как же я тебя люблю, дружище! Как я устал! Я больше не могу!!

— Я, Сань, тоже тебя так люблю! Так люблю!!! Саня, я тоже устал. Я тоже больше не могу…

Он обнял меня за плечо, я опустил голову и прижался виском ко лбу Макса (он ниже меня). Я зарыдал бесшумно, но свободно. Макс плакал одними глазами. Песня звучала ещё больше минуты.

30

Мне понравилось, как я сказал Максу: «Кто я такой, чтобы время работало на меня?»

Я помню, как я впервые почувствовал время. Мне было немного лет. Девять или десять. Летом в августе я сидел во дворе. Мы с родителями уже вернулись с отдыха в Родной город, а мои друзья ещё нет. Во дворе было тихо и пусто. Деревья покачивались, листья на них были большие, трава пыльная и высокая. Стояла жара. Даже в городе стрекотали кузнечики. Я сидел на скамейке и скучал. Потом я посмотрел в небо. Оно было просто голубое, без облаков. Высокое, летнее небо. В нем таял след от самолёта, а ещё другой самолёт пересекал небо надо мной и оставлял свой белый след. Я опустил глаза, и принялся ковырять пальцем скамейку. От неё было приятно отколупывать краску. Я вспомнил, что скамейку красили в прошлом году, тоже летом. Мы с друзьями стояли и смотрели, как пожилой худой дяденька медленно красит её, и она чудесным образом превращается из грязно-зелёной в синюю. А теперь я сидел и легко отколупывал целые лепестки уже потрескавшейся и постаревшей синей краски.

Когда я снова поднял глаза в небо, самолёт уже пролетел и оставил белый след, а старый след распался на куски и почти растаял. Я почувствовал, как движется время… Скоро пойдут дожди, потом зима, потом будет таять снег… Я понял, что мне это не нравится, что от этого становится невесело… И ещё я понял, что я с этим сделать ничего не могу, но на следы от самолётов смотреть приятно.

Я это запомнил отчётливо, потому что это понял и почувствовал тот Я, который не меняется. Там, на скамейке, сидел тот же самый Я, что стоял, слушал песню и плакал. Всё остальное во мне менялось — вес, рост, интересы, желания... А что-то не менялось... И вот это ЧТО-ТО смогло почувствовать время, смогло полюбить эту песню, и вообще полюбить...

Мы ещё немного посидели, выпили ещё чаю, колу мне почему-то так и не принесли, но я не хотел о ней напоминать. Макс наотрез отказался ехать ко мне. Коньяк мы допить не смогли, осталась добрая треть бутылки, но уже не лезло.

Потом мы расплатились, оставили щедрые чаевые и вышли на воздух. Фонарик и бутылка остались на столе... Своими движениями мы напоминали каких-то ракообразных в рыбном магазине, которые ещё вполне живые, но их положили на лёд, и им не особенно хочется привлекать к себе внимание покупателей.

Снег совсем прекратился.

На парковке возле ресторана стояли три машины, в том числе и наш «мерседес». Его двигатель работал, в салоне горел свет.

— Ну что, Саня, завтра, вернее, уже сегодня, спать буду часов до трёх, если родственники позволят.

— Так поехали ко мне! Сколько я могу тебя уговаривать? Не упрямься, Макс.

— Нет уж! На сегодня мне тебя хватит. Мне вообще на сегодня хватит. Кстати, а сколько будет стоить доехать отсюда… ну, туда, ко мне?

Я сказал предельную сумму. Макс покивал головой. Протянул мне руку, я пожал её.

— Пока, Саня, — сказал он. — Тебя довезут, — он мотнул головой в сторону «мерседеса». — Проснусь — позвоню тебе. Держись… — Он пошёл в сторону Садового кольца, где было легче поймать машину. Мне так не хотелось расставаться с ним! Было странное ощущение, что мы больше не увидимся никогда. Макс медленно шёл по снегу, а мне хотелось остановить его или пойти с ним…

Он прошёл шагов пятнадцать, остановился под уличным фонарём, открыл свой портфель, достал маленький сверток… Я узнал его. Это была недокуренная сигара, завёрнутая в салфетку. Он бросил свёрток в снег, потом пошарил в портфеле рукой, застегнул его… Макс бросил портфель на снег и пошёл дальше. Он не отбросил портфель в сторону, он просто разжал пальцы, портфель выпал из его руки, а он пошёл к дороге.

Я пошёл было в другую сторону…

Приморозило. Я наглухо застегнул пальто и поднял воротник, потом сделал несколько шагов, остановился и оглянулся на «мерседес», постоял несколько секунд и зашагал к этому автомобилю.

Через лобовое стекло я увидел, что Михаил спит за рулём. Он сидел в расстёгнутом пальто, откинувшись на спинку сиденья. Голова его была запрокинута, рот приоткрыт, на руле лежала газета, на носу у него были маленькие очки.

Я подумал ещё немного и постучал в стекло кулаком. Он спал крепко, я постучал сильнее. Михаил вздрогнул всем телом, резко сел прямо. Он явно не сразу сообразил, где он и что происходит. Через мгновение он сорвал с лица очки и сел как ни в чём не бывало. Так ведут себя молодые солдаты, застигнутые спящими на посту, или студенты, уснувшие на лекции... дескать, я не спал... Я улыбнулся тому, что увидел.

Я постучал ещё раз. Он опустил стекло до середины.

— Что вам нужно? — холодно спросил он. — Чего вы хотите?

— Мне, собственно, ничего не нужно. Я ухожу. Максим так уже уехал. Я тоже собираюсь ехать домой. Увидел, что вы спите, подумал, что вам, наверное, неприятно будет проснуться здесь... А нас нет. — Я пожал плечами. — Вот, решил вас разбудить, и всё. И больше ничего.

Михаил потёр лицо руками, отпил немного минеральной воды из бутылки.

— У вас нет сигарет? — спросил он.

— Нет, я не курю.

Он покивал головой.

— Садитесь, я вас отвезу домой, только заедем по дороге, я заправлюсь и куплю сигарет.

— Извините, я с вами не поеду, это исключено.

— Да не бойтесь вы, всё равно…

— Я не боюсь. Просто, это точно ни на что не будет похоже. Сами подумайте, — я говорил очень спокойно, — я сейчас еду домой. Правда домой! Если вы не верите, можете, конечно, ехать за мной. Но лучше езжайте восвояси… А сигареты можете купить здесь. В ресторане продадут, если…

Он не дослушал меня. Тёмное стекло поднялось, Михаил выключил в машине свет и как бы исчез. Я снова пожал плечами, развернулся и пошёл к проспекту ловить машину. Я шёл, шёл… Но никто не преследовал меня.

Глава последняя.

Я поймал машину, и мы поехали по затихшему городу. Затихшему, в смысле, уснувшему… Светящихся окон почти не осталось. Субботнее утро готовилось подарить Москве немного тишины и безлюдья. Снегоуборочные машины работали во всём городе…

Когда мы проезжали по Якиманке, там на эвакуатор грузили истерзанный автомобиль... «вольво». На дороге везде виднелись осколки стекла и пятна от какой-то технической жидкости... Скорее всего, масла.

— Страшная авария была, — сказал водитель. Он говорил с сильным кавказским акцентом, — человек пять погибло сразу. Я сам чуть-чуть здесь не разбился. Страшно ездить стало. Все с ума сошли.

Я посмотрел на него. Аккуратный такой, черноволосый мужчина лет сорока. В машине сильно пахло каким-то сладким ароматизатором воздуха. На пальце у водителя был большой золотой перстень-печатка. Я отвернулся. Больше я уже не мог говорить. Я ехал домой. Всё, что я смог сказать за сегодня, я уже сказал.

Улицы были пустынны, когда мы останавливались на светофорах, я оглядывался. Преследования не было. Я оглянулся так три раза, а дальше ехал спокойно. Хотя и без того был спокоен.

— Спасибо, — всё, что смог сказать я, когда расплачивался и выходил из машины...

Я зашёл домой и сразу вспомнил о своём обещании. Надо было сказать ещё слова... Обязательно! Я набрал её номер... Она ответила не сразу. Я разбудил Её. Она говорила хриплым, заспанным и каким-то беззащитным голосом.

— Алё, — сказал я, — ну вот я и дома. Всё в порядке. Не волнуйся. Ты спала?

— Да, я уже уснула.

— Прости, пожалуйста, но я только что добрался. Вот звоню, как обещал.

— Спасибо… Я волновалась.

— Ну что? Я утром звоню?

— Конечно! Но только давай не очень рано.

— Хорошо. Давай, кто первый проснётся — тот и звонит.

— Но только не раньше двенадцати, ладно?

— Договорились, милая. Целую! Прости за беспокойство.

— Целую! До сегодня…

— До сегодня! — сказал я и отключился.

Я сказал ей «милая»! Я сказал это и не почувствовал, что произошло какое-то событие. Сказал спокойно. Это слово вылетело из меня легко…

Я включил свет везде… Пальто оставил в прихожей, пиджак бросил в кресло с мыслью: «Надо не забыть вытряхнуть осколки фонарика из кармана»… Я пошёл в спальню, к велотренажёру, чтобы повесить на него рубашку. Платок я уже снял с шеи и хотел его повесить там же. Я расстёгивался на ходу…

На велотренажёре уже висела рубашка, и не одна, а штуки три... одна на другой. «Надо устроить стирку, — вяло подумал я. — Вот в воскресенье и устрою».

У меня много рубашек, но в шкафу висела сейчас последняя, светло-розовая, хорошая, но последняя... Я помнил, что утром заглянул в шкаф, там были белая и розовая рубашки. Я взял белую, а про розовую подумал, что это будет слишком... Я редко носил её, поэтому она и осталась последней. «Теперь придётся надеть», — решил я. А что было ещё делать, она же была последняя чистая рубашка в моём доме. Остальные лежали в корзине возле стиральной машины в ванной комнате, висели на стульях, на велотренажёре... Рубашку дольше одного дня не поносить... Больше дня — никак. Может быть, кто-то носит, но я не могу.

Я постоял несколько секунд, раздумывая, потом повесил поверх несвежих рубах свой синий платок, а усталую, замызганную белую рубашку я даже не повесил, а бросил её...

Когда чистил зубы, я вдруг замер со щёткой во рту и какое-то время безо всяких мыслей рассматривал своё лицо и туловище, которое отражалось в туалетном зеркале по пояс. «Ничего», — не подумал, а скорее беззвучно сказал я.

По утрам я почти никогда не заправляю постель. «В воскресенье сменю бельё», — твёрдо решил я, взбил подушку, встряхнул одеяло, выключил свет и лёг. Тело не поверило такому счастью...

Остался невыключенным свет в прихожей. Это было видно... Сначала я решил наплевать, но через минуту пошёл выключать его. Хотелось уснуть без раздражения...

В прихожей на полке я увидел телефон. Я взял его в руку, постоял... и набрал Макса. Долго никто не отвечал. Потом я услышал сильно заспанный и сердитый женский голос.

— Алло! Алло! — сказала женщина. — Кто это? Говорите.

— Простите, а Максима я могу услышать?

— Вы с ума сошли! Вы знаете, который час?

— Извините, Бога ради! Я его друг, я звоню на его номер, беспокоюсь, доехал ли он...

— Доехал, доехал! Куда он денется? Спит вот одетый. Сейчас раздевать его буду. Вы весь дом перебудили, а ему хоть бы что. Спите тоже уже! Всё в порядке... с вашим драгоценным Максимом.

— А вы его тётя? — для пущей верности спросил я.

— Нет! Я его дядя! Ну что вы глупости спрашиваете! Молодой человек, заканчивайте допрос. У вас всё?

— Всё! Всё!! Спасибо! Извините, пожалуйста, простите...

— Всё так всё! До свидания.

Пошли короткие гудки.

Я лёг в постель, принял свою любимую позу, подушка
обняла мою голову, одним глазом я взглянул на синий
свет, который ложился на ткань наволочки... падал из окна и ложился на подушку... Я закрыл глаз.

С рассветом ветер усилился, он нёс песок, и этот летя-
щий песок был похож на странный туман. Пришлось даже надеть специальные очки.

Пока Макс спал, я подготовил отправку документов,
добытых у врага, и раненого разведчика. В моём взводе
оставалось четырнадцать человек, я приказал уходить
всем. Солдаты не понимали и отказывались оставлять меня... Но я назначил старого сержанта старшим во взводе,
приказал доставить важные документы любой ценой,
объяснил, что раненого нужно будет нести попеременно,
а двигаться им придётся очень быстро. Времени у них, до
того, как за ними выйдет погоня, часа два-три, не больше.

— К тому же, пулемёт всего один, — сказал я перед
строем, — так что нет смысла вам оставаться. Вы со своими карабинами тут много не навоюете. Ступайте и не
думайте про меня.

— А как же лейтенант? — спросил сержант.

— Пусть поспит ещё. Он решил остаться. Если он так сказал, его отговаривать бесполезно, а приказать я ему не могу… Всё, братцы! Некогда больше болтать, — сказал я своим солдатам. — Ступайте! Удачи!

— Возьмите, сержант, — я сунул ему в руку конверт. — Здесь мой письменный приказ вам… отступать.

Мы обнялись…

Макс спал в палатке и не обращал внимания на то, как она громко хлопала на ветру. Я дал ему ещё поспать, а потом разбудил его. Мы сварили кофе из остатков воды и пригоршни кофе. Получилось крепко.

Мы молча выпили этот кофе, потом я разлил виски в два маленьких походных стальных стаканчика… Мы закурили сигары, и смаковали виски минут десять. Виски кончился, и мы пошли к пулемёту. Ветер раздувал огоньки наших сигар и уносил дым моментально.

На флагштоке бился флаг.

От моей сигары оставалось сантиметра три, когда сквозь завесу песка мы увидели тени наступающих. Они приближались, я навёл на них пулемёт. Как-то жутковато было сделать первый выстрел. Макс похлопал меня по плечу, я посмотрел на него, он тоже докуривал сигару, держа окурок в левом углу рта. Он улыбался. Макс подмигнул мне, щёлкнул карабином, вскинул его и деловито прицелился, потом нажал на курок. Один силуэт упал. Тогда я нажал на гашетку пулемёта…

Наступающие сразу стали стрелять. Пули засвистели. Какие-то впивались в мешки с песком, какие-то пролетали совсем близко… Мы стреляли… Макс редко, прицельно и точно, я короткими очередями…

Мои солдаты, те, что уходили… может быть, ещё какое-то время слышали беспорядочную стрельбу, и среди этой неразберихи выделялись отдельные сухие выстрелы Максова карабина и жужжащие очереди моего пулемёта. Некоторое время они могли это слышать, если ветер доносил до них звуки боя…… Кто-то же должен был это слышать………

Литературно-художественное издание

Евгений Гришковец

РУБАШКА

Роман

Публикуется в авторской редакции

Продюсер издания Ирина Юткина
Выпускающий редактор Татьяна Тимакова
Художественный редактор Валерий Калныньш

Подписано в печать 1.06.2009.

Формат 70х108/32. Бумага офсетная.

Печать офсетная. Усл. печ. л. 12,60. Доп. тираж 15 000 экз.

Заказ № 0007.

ООО «Издательская Группа Аттикус» —

обладатель товарного знака Machaon.

119991, Москва, 5-й Донской проезд, д. 15, стр. 4.

Тел. (495) 933-7600, факс (495) 933-7620.

E-mail: sales@atticus-group.ru

Наш адрес в Интернете: www.atticus-group.ru

Отпечатано в ЗАО «Издательско-полиграфический

комплекс Парето-Принт», г. Тверь

www.pareto-print.ru

Другие книги Евгения Гришковца
в издательстве «Махаон»

«Следы на мне»
«Планка»
«Реки»
«Дредноуты»
«Асфальт»

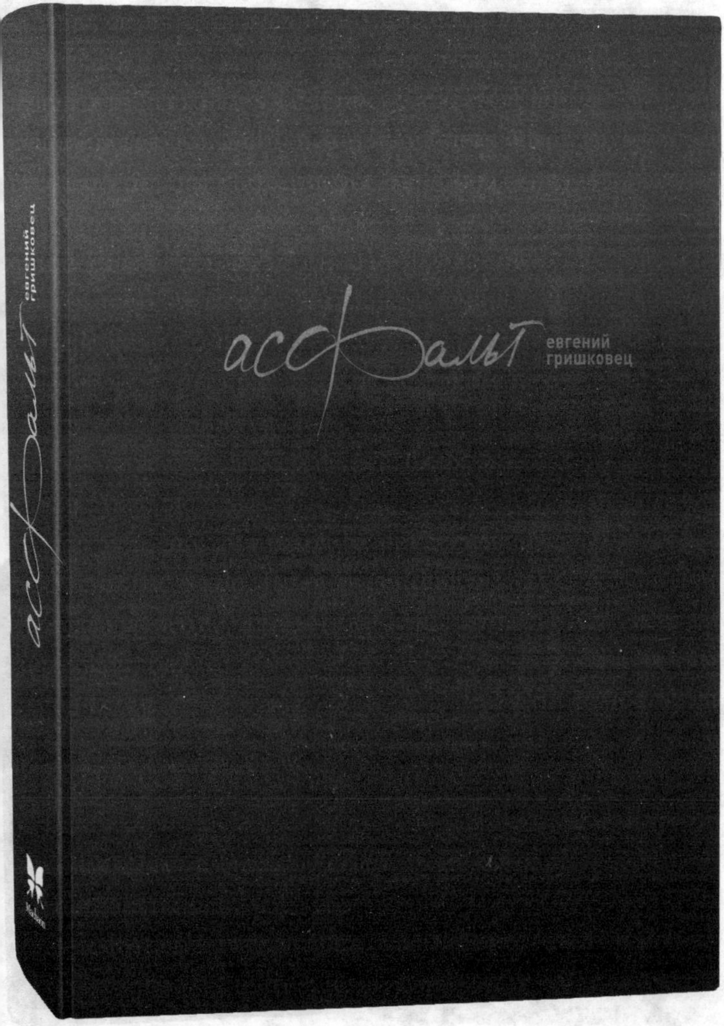
асфальт
евгений
гришковец

СЛЕДЫ НА МНЕ

ЕВГЕНИЙ ГРИШКОВЕЦ

РАССКАЗЫ

Евгений Гришковец
рассказы
планка
ЕВГЕНИЙ ГРИШКОВЕЦ
рассказы
планка

Евгений Гришковец
Реки
повесть
Евгений Гришковец
Реки
повесть